領怪神犯

木古おうみ

角川文庫
23468

CONTENTS

Presented by

Oumi Kifuru

善とも悪とも言いようがない、人智を超えた人間の手には負えない超常現象
又はそれを引き起こすものを、俺たちは〝領怪神犯〟と呼んでいる。

ひとつずつ降りてくる神

RYOU-KAI-SHIN-PAN

There are incomprehensible
gods in this world who cannot be called
good or evil.

序

あぁ、あの納屋ね。すごいことになってたでしょう。

台風じゃないんですよ。だったら、納屋だけじゃなく家や道の方まで壊れてないとおかしいでしょう。

工事してたわけでもないんです。気にしないで。事件や事故じゃありませんから。トラックが突っ込んだなら垣根の方も無事じゃすみませんし、どんな力持ちでもあんな風にぺしゃんこにはできませんからね。でも、誰かが壊したっていうのは近いかもしれませんね。いや、誰かというか何かですかね。そういう時期なんですよ。

ええ、年に一度ね。いや、災害じゃなくて昔はお祭りをやってた日なんです。祭りで浮かれたひとが壊したんじゃないですよ。ここにもうそんな元気のあるひとは残ってませんからね。もうお祭りもやってませんし。やった方がいいのかもしれませんけどね。元は神様への感謝を伝えるお祭りでしたからね。

新嘗祭《にいなめさい》？　そんなようなものですけど。やっぱりそういうことをしないから、こういうことが起こるんですかね。でも、こういうことの張本人を祀《まつ》るのもねえ。

ええ、もういませんよ。いませんというか、大昔ね、この村に大きな道路が通った頃、もう自分が見守ることもないって帰っちゃったって言いますけどね。道を広げるとなると田んぼとかいろんな邪魔なものがありますからね。そこにある祠《ほこら》なんかはね。ちょっと邪魔だっていうんで。もちろん雑に扱ったりしてませんよ。神主さんがちゃんとお祓《はら》いしてから別のとこに移してね。だから、怒ってるっていうんじゃないとは思うんですけどね。

その年からね、神様が年に一度、山から降りてくるお祭りのときです。私のふたりめの子が小学生になったばっかかりの頃ですかね。いつも通りちっちゃな屋台なんか出して、提灯《ちょうちん》を提げて子どもが盆踊りして、神社までお神輿《みこし》担いでね。

そのときはまだ村に子どもも多かったですから、金曜日にやってるアニメなんかに出てくる動物のお面を被《かぶ》ったり、その曲で踊ったりね。学校の先生なんかもみんな法被着て、普段大人しいひとも、別のひとみたいに騒いでね。楽しかったですね、あの頃はね。賑《にぎ》やかでしたから。

さあ終わりって夜にみんな帰っていくときにね。小学校の方からどーんってすごい音がして。まあ、暗いからトラックかなんかが校舎に突っ込んだんじゃないかって。怪我人でもいたら大変だって、まだお祭りの名残りで元気が有り余ってましたから、みんなで見に行ったんですよ。

蚊が飛び回って、蛙がジージー鳴いてる田んぼ道を子どもの手を引いて急いで走ってね。明かりが消えてる小学校にあそこだあそこだなんて駆けて行ったら、まあ、門のとこなんかは無事なんですよ。何の音だ、ガス爆発か何かかって見に行ったら、プールの裏の方から声が上がって。ちょうど私の子の担任の先生が、用務員さんの部屋から鍵《かぎ》持ってきたんですけど、そのひと腰抜かしててね。何だ何だってプールの明かりつけて見に行ったら、かーっと明るくなったところにね、あったんですよ。

水は抜いてたんで、空っぽの乾いたところにね。二十五メートルのプールの端から端まで、長い白いパイプを渡したみたいになっていて。それで、水泳の飛び込み台のところ、一から五まで番号振ってある台に一本ずつ丸い爪のある指が引っかかってて。腕だったんです、大きなね。いたずらじゃないかって警察を呼んで、検視とかする方が見て、肌も筋肉もこれは本物だって言ってね。そんな生き物いないでしょ。でもあれは本当に大きいけれど人間の腕でしたから。事件にしようにも被害者がね。二十五メートルも腕があるなんて、そんなひといないですから。

この村は警察も病院も身内みたいなもんですから、とりあえずなあなあで、どうしようもないからってお神輿のときみたいに神社に腕を担いで行ってね。たまたま通りかかったトラックなんかに見つかっちゃまずいって、みんな難しい顔して、夜明け前に白くて長い腕をね、みんなの汗でつるつる滑るのを何とか引っ張って、持って行ったんですよ。それからですよ。毎年この時期になると大きな身体の一部が村のどこかに降ってくるようになったのはね。

そうそう、うちの納屋もそうですよ。上からどかーんとね。ついにうちもかって気持ちでしたけどね。お隣さんも四年くらい前にやられましたから。

うちは目玉でしたよ。大っきな丸いのがてらてら光って、お行儀よくってのも変ですけど、ぺしゃんこの納屋の屋根にちょん、とね。

まあ、年に一度ですし、怪我人も出てませんし、どうにかしたいって言ってもどうしようもないですから。やっぱり神様ですからひとを傷つけるようなことはないですしね。出て行くにも、ここは元々そういうのができないひとたちの集まりみたいなものですから。

でも、あれの身体が空の上にあるのか知りませんけど、あとどのくらいあるんでしょうねえ。

一

よくある田舎の光景だった。

都会では考えられない広い庭だ。家を取り囲む青々とした生垣には冬になれば椿が咲くのだろう。木の枝が少し道路に突き出していても近所の住人は気にしないらしい。庭の隅には真新しい納屋が空色の塗装を陽光に照らされて輝いていた。

「孫が帰ってきて塗ってくれたんですよ。この家にはちょっと派手なんじゃないかって言ったんですけどねえ」

家主の老婆がシミが散った手を揉《も》みながら俺に向かって微笑む。俺は愛想笑いを返したが、上手《うま》くできたかはわからなかった。

「この納屋が例の、ですか」

老婆が曖昧《あいまい》に頷《うなず》いた。俺はスーツのポケットからインスタントカメラで撮った一枚の写真を取り出す。インクが漏れたボールペンで裏面に記された日付は一年前の今日に当たる。俺は写真を裏返し、空色の納屋に重なるように掲げた。

よくある田舎の光景では全くなかった。

写真の中には無惨に押し潰《つぶ》された納屋がある。台風が通った後のようだが、背景の庭木戸には傷ひとつない。納屋だけがささくれたベニヤ板を地面に撒《ま》き散らし、中の農耕具やひしゃげた子ども用の自転車や木製のバットとグローブをぶちまけていた。

問題なのが廃材と化した小屋を敷物がわりに鎮座している巨大な球体だ。おそらく直径は一・五メートルほどある。牛乳寒天のような質感の白い円が撮影当時の朝日を反射して濡《ぬ》れたように光っていた。円の中にはふた回り小さな薄灰色の内円があり、更にその中に小さな黒い円がある。目を凝らすと、白い球体には珊瑚《さんご》のような赤い血管が散っているのがわかった。

「目、ですか」

「みたいですねえ」

俺の漠然とした問いに老婆が苦笑を浮かべる。

「去年、おたくの納屋にこれが降ってきたと」

「ええ……」

俺が写真を下ろすと、新調された空色の納屋がスライドするように視界に映った。

「右目か左目かはわからないんですけどねえ……」

「まあ、そこは問題じゃないですから」

俺の言い方が不機嫌に聞こえたのか、老婆は身を縮こめて会釈した。こういう聞き込みに俺は向いていない。溜息《ためいき》をついて生垣の向こうに視線をやると、俺と同じ就活生のようなスーツ姿の小柄な女がニヤリと笑った。

「宮木《みやき》、こういうの次からお前も来てくれよ」

老婆の家の敷地から出て、舗装されていない道の脇に残るガードレールにもたれかかりながら、俺は煙草に火をつける。

「その調子だと、また村の方に怖がられたんですね。私は役所で調査でしたし、片岸《かたぎし》さんもちょっとは聞き込みに慣れないと」

「どっちが先輩かわかんねえな」

最近異動してきたばかりなのに大したものだ。真ん丸の目と切りそろえた前髪はいかにも若造だが、前はそれなりの部署にいたらしい。何故こんな胡乱《うろん》な課に移されたのか、俺は知らない。

「それで、先輩を置き去りにして行った調査の結果はどうだった？」

宮木は「はいはい」と苦笑しながら鞄《かばん》からクリアファイルを出す。

「始まったのは九七年ですね。最初はここから坂を降りたところにある第三小学校のプール。今は廃校です」

「どこもかしこも少子化だな」

それも仕方ない。人口四千人にも満たず、その過半数が老人という典型的な過疎地だ。米作りが主な産業らしく、土地の殆《ほと》んどが田園にとられているせいで、周囲にコンビニすら見当たらない。その上、年に一度の珍事だ。誰もが逃げ出すだろう。

俺は宮木が差し出した資料を受け取った。A4用紙にコピーされた新聞記事は画質がひどく粗い。目を凝らすと、白黒写真に写っているのが二十五メートルプールの縁だとわかった。画像の中央に巨大なパイプのようなものが端から端まで渡されている。プールの途中でわずかにくの字に湾曲していた。

「見辛《みづら》いな。カラーにしてくれよ」

「税金の無駄遣いはできませんから。ああ、資料に灰を落とさないでくださいよ」

咥《くわ》え煙草のまま紙面を遠ざけ近づけを繰り返し、ようやく全貌《ぜんぼう》が見えてくる。プールの端の飛び込み台に、五つに分岐したホースの先端がかかっている。それぞれの末端は細く、黒ずんだビート板に似た楕円形《だえんけい》の硬質な何かが付いていた。杜撰《ずさん》な合成写真じみた光景に俺は眉《まゆ》を顰《ひそ》めた。

「これがさっきの婆さんが言ってた腕か」

「みたいですね」

宮木はファイルの中の資料を捲《めく》りながら言う。

「九七年から毎年一度、必ずこの村に巨大な人体の一部が落下してくるようになったそうです。現在確認されているのは鼻、腕二本、犬歯と見られる歯、膝《ひざ》、四十メートルほどで二十キログラムの毛髪、あとは、内臓も。脾臓《ひぞう》と左の腎臓《じんぞう》らしいですよ。それから片岸さんが訪問した家の目玉。もう片方の目は九八年に落ちてきたとか」

「両方揃ったってわけだ」

「ビンゴじゃないんですから」

そのとき、軽快なクラクションが二度鳴って、俺と宮木は顔を上げる。木材を積んだトラックの運転席から日焼けした老人が笑みを浮かべて片手を上げた。俺は口角を上げて笑みを返そうと努める。

「都会のひと？」

「はい、自治体の調査で東京から参りました」

俺が口を開く前に宮木が明朗な声で答える。

「そう、もっと若いひとが観光に来てくれるようにさ、上に言っといてくれよ」

人懐こい笑顔とエンジン音を残して、老人を乗せたトラックが去っていった。宮木の言を疑う素振りもなかった。

「よくすらすら嘘が言えるな」

俺が半分呆《あき》れつつ、半分感心しながら言うと、宮木は肩を竦《すく》めた。

俺たちが東京から来ているのだけは本当だ。それでいい。各地で起こる放置できない怪奇現象の調査のために派遣されているなどと言えるはずがない。はなから人間が太刀打ちできる領域じゃない。だから、俺たちの仕事は解決ではなく、調査だ。落としどころを探すため、とにかく調査する。地味で見返りが少ないが仕方ない。民間がやらない仕事をやるのが公務員だ。

それから俺は携帯灰皿に吸殻をねじ込み、ひとまず聞き込みができる住民がいそうな場所へ向かおうと坂道を下り出した。

冬が近づき、葉を落として乾ききった木々の隙間にどこも似たような生垣に囲まれた家々が見える。その先にはひび割れたアスファルトの車道が田畑を焼き払った跡のように広がっているのが見えた。

「この先どうしましょう。資料館や神社を当たりますか。ここの土地神についての調査はまだ始めたばかりなので」

宮木はパンプスに染みる泥を注視しながら歩いている。

「それは俺が調べた」

「先に言ってくださいよ」

宮木は非難がましく俺を見上げる。元々童顔だが、こういうときは本当にまだ女子大生のようだ。

「お互い私用の連絡先知らねえだろ」

「職務に関する内容じゃないですか」

「最近別の案件で飛び回ってて言う暇もなかったんだよ」

俺はまた何か言われる前に、スーツのポケットから折りたたんだコピー用紙を出して広げた。地域の郷土資料館の片隅にあった、土地の民間伝承の本に載っていた筆書きの挿絵だ。奇特な学生しか手に取らないようなマニアックな本だった。

「天保《てんぽう》十年、ここに住んでた絵師が描いたものらしい」

宮木が俺の手元を覗《のぞ》き込む。黄ばんだ半紙には俺でも書けそうな直線を重ねた山稜《さんりょう》と点で表した水田がある。そして、山の陰から虚《うつ》ろな表情で覗き込む、丸坊主の痩《や》せた巨人が描かれていた。

「味のある絵ですね」

ほとんど空洞のような巨人の目は感情を読み取らせせない。筆を寝かせて走らせた線は巨人を見上げる村人たちを表しているようだ。

「詳しい伝承はほとんどない。この神の名前もなかった。山と村の土地全体が御神体で、常に村人を見守っている、とかその程度だったな」

「それだけですか？」

「あとは明治初期に詠まれた短歌みたいなもんが載ってた。よくわからないが、ある年の祭りでもう充分この村が豊かになったから神様は還《かえ》っていったとかなんとか……」

「あ、それは私も聞きました。その歌に合わせて村のお祭りで踊っていたらしいですね」

爪先《つまさき》が小石よりも大きな何かにぶつかって俺は立ち止まる。

足元を見ると、融解しかけた氷のような形の石が半分埋まって土から突き出ていた。

「危ねえな、何だこれ」

屈《かが》んだ瞬間、嫌な感じがした。経験上、こういうものは触るとまずいか、触れようが触れまいが関係なく厄介なものかのどちらかだ。泥で汚れた石の表面に彫られた「穰」「道」の字だけが見て取れた。元は石碑か何かだったのかもしれないと思ったが、それにしては奇妙に角が取れ、端々には手足のような模様まであった。

「どうかしましたか」

宮木の問いに俺は「何でもない」と首を振る。

気づけば坂道は終わり、周囲に白銀のススキの穂が広がっていた。視界の隅に、木陰に埋もれるようにひっそりと建つガソリンスタンドがある。赤と橙の線が入った屋根の下に車は一台もない。ガソリンの時価を教える電光掲示板の明かりも消えていた。

「本当に田舎だな」

「これでも少し前に開発が進んで道路をたくさん通したらしいですよ。山も開拓してトンネルが開通したとか」

「それ、いつ頃の話だ」

「九七年頃……ですね」

俺と宮木は顔を見合わせた。

「最初に腕だか何だかが降ってきたのと同時期だな」

「重点的に情報を洗い出す必要がありそうですね」

宮木は深刻な顔で俯《うつむ》いた。面倒なことになりそうだ。

視線を上げると、密集した枯れ木で墨を塗ったように黒く見える山がある。山肌を凝視すると、細く引っ掻《か》いた線のように樹木の生えていない部分があった。あれが開通した山道なのだろう。寒々しい光景に、先ほど見た写真が脳裏を過《よぎ》る。ちょうど今くらいの時期だった。

「宮木、そういえば、村の祭りの日っていつだ」

俺の声がわずかに上ずったことに宮木は気づかずメモ帳を捲った。

「最近はもうやっていないらしいですけれど……ちょうど今日に当たる日ですね」

そのとき、宮木の声を掻き消すほどの、雷鳴のような音が轟《とどろ》いた。咄嗟《とっさ》に宮木の前に出た俺に灰色の風が吹きつけ、細かな砂利が肌を叩《たた》く。俺と宮木は噎《む》せ返りながら煙幕の先を睨《にら》む。

赤と橙のガソリンスタンドの屋根が折り紙のようにV字に折れ、中央を穴が貫通していた。真下のガソリンポンプが傾き、今にも折れそうだ。中のガソリンに引火して爆発したらまずいと思ったが、それどころじゃない。屋根を突き破って落下した奇妙な物が瓦礫《がれき》の山の上に載っている。

「何だよ、あれは……」

厚みのある半楕円の薄橙色のシートのような柔らかい物体が、もうひとつのガソリンポンプにかぶさっていた。複雑なしわを描いた襞《ひだ》の中に円があり、中に生えそろった産毛の影まで鮮明に見えた。

それは巨大な耳だった。

善とも悪とも言いようがない、人智を超えた人間の手には負えない超常現象又はそれを引き起こすものを、俺たちは〝領怪神犯〟と呼んでいる。

二

小型のクレーン車が水面を啄《ついば》む鳥のくちばしのように忙《せわ》しなく動き回り、巨大な耳を包んだネットを先端に引っかけて摘まみ上げる。クレーンの真下で待ち受けていたトラックが後退し荷台を差し出すと、敷き詰められた緩衝材の上に耳朶《じだ》がぽとりと落下した。

「手慣れたもんだな」

埃《ほこり》まみれの俺と宮木が苦笑していると、初老の男が黄色と黒の立ち入り禁止テープの仕切りを越え、こちらに駆け寄ってくるのが見えた。

「驚かれたでしょう……こういうことはたまにあるというか。いや、あっちゃいけないんですが、何しろ余所《よそ》のひとに説明してもわかってもらえないものですから……」

汗を拭《ぬぐ》う仕草と、スーツの上に羽織ったビニールの上着は工事現場の作業員じみていたが、恐らく地元の有力者なのだろう。こちらを窺《うかが》うような笑みの奥には焦りの他、俺たちの口を封じるための条件を探ろうと考えを巡らせている冷たい威圧感があった。

「ああ、ご心配なく。自分たちもこういうのは初めてじゃないですから」

俺の言葉に、男は意表を突かれたのか取り繕った微笑が頬から剝《は》がれ落ちた。

「耳や目が降ってくるのが、ですか？」

「いや。ただこういう何というか、余所の人間に説明できないような事態には慣れてます。そのための調査できてますから」

明らかに安堵《あんど》した様子の男と俺の間に、共犯者じみた視線が交わされた。宮木が俺の耳元で囁《ささや》く。

「片岸さん、言い方」

「送り盆の頃になると井戸水が何かの生き物の羊水に変わる村にも行きましたよって言う方がよかったか？」

小声で尋ねると、鋭角の肘《ひじ》が軽く俺の脇腹を小突いた。

俺は男が運転する軽自動車の助手席に、宮木は後部座席に乗せられた。あの異様な落下物を納めに行くらしい。車窓を流れる銀のススキの穂の波を眺めていると、後ろを走るトラックの運転手の顔がサイドミラーに映り込んだ。その荷台には巨大な耳が載っている。俺は目を逸《そ》らし、何か話題を探す。

「村の方から聞いた話では落ちてきた物は神社に奉納していたそうですが、今でも？」

「それが入りきらなくなりまして、今は廃校になった小学校を倉庫代わりにして納めています。ひとつひとつが結構な大きさですからね。それぞれを教室に入れておけば鍵《かぎ》もかかりますし、カーテンで外からは見えませんし、まあ、何とかやっております」

男はハンドルから片手を離して脂ぎった頬をさすった。ルームミラーに後部座席で熱心にメモを取る宮木の姿が映っている。暖房の乾いた空気で身体中の水分が蒸発するようで、俺は許可を取る前に窓ガラスを少し下げた。涼しい風が吹き込むと、稲わら焼きの焦げくさい匂いも入り込んでくる。

道の凹凸にタイヤが乗り上げて車体が跳ねたとき、路肩にガソリンスタンドの前で見たのと同じ石の欠片《かけら》が集めてあるのが見えた。泥をかぶって文字は見えないが、先ほどのものよりふた回りは大きい。その上、手足だけでなく丸い頭部のようなものに目鼻立ちを彫ったような線まで見えた。

「あの石像の破片のようなものは何です？　先ほども見かけましたが」

「あれですか」

男がエンジンを強くふかすと、深く穿《うが》たれた轍《わだち》に入り込んだタイヤが泥を撥《は》ね上げて再び速度を上げた。

「うちの村の守り神といいますか、道祖神のようなものですかね。昔はああやって村の道端のいろんなところにあれを建てて、いいことも悪いことも神様がちゃんと見てるぞって示すものだったんですよ」

「でも、壊れていますよね？」

シート越しに宮木が口を挟んだ。

「ええ……昔、村の開発がありまして、山からトンネルを抜けてくるトラックや何かを通すためにたくさん道路を作ったものですから。嫌らしい話ですが、作れば作るほど助成金も出ましたし。ですから、ちょっと一旦《いったんど》退かさせてもらって。もちろん邪険になんかしてませんよ。ちゃんと神主さんにお祓《はら》いなんかをしてもらって移してね」

「着きました」

男がウィンカーを明滅させ、校門の脇に車を停める。廃校舎が青空にそびえていた。

男に続いて俺たちも車を降りた。肌寒い空気に身を震わせて俺は空を見上げる。錆《さ》びついた緑のフェンスの網目から覗《のぞ》く校舎は、止まった時計やバスケットゴールが在りし日の姿のまま残っていた。

男が柵《さく》に二重に巻かれた鎖と南京錠を外して門を開く。後ろを走っていたトラックが土煙を上げながら校庭に縦長の胴を滑り込ませた。

昼下がりの廃校舎は雨垂れの汚れと蔦《つた》に覆われ、備え付けの室外機とその上の鉢植えは指で突《つつ》けば崩れてしまいそうなほど朽ちていた。

「なあ、どう思う」

先行して歩く男に聞こえないよう、俺は声を抑えて宮木に聞く。

「どうって、やっぱり村中の石像が壊れてるのがまずいんじゃないでしょうか」

「だよな」

埃を被《かぶ》ったセピア色のガラス戸の前で男が足を止め、校舎へと続く扉を開く。内側から生温かい空気がどっと吹きつけた。

「後はこっちでやりますから、東京の方には中の様子を見てお待ちいただければ……」

男は俺たちを校舎の中に通してから、何度も腰を折り曲げて去っていった。男が電気のスイッチを押す音がして、暗く沈む校舎の入り口だけ明かりが灯《とも》った。

「入るか」

俺は胸元からペンライトを取り出して廊下を進み出した。

埃と黴《かび》の匂いでむせ返りそうな空気が充満する廊下は長く仄暗《ほのぐら》い。突き当たりの階段を上ると靴底がぎゅっと鳴る音だけがこだました。

二階に到着するとすぐ左手の銀の非常扉がペンライトの光を反射し、壁に映る俺と宮木の顔を歪《ゆが》めて映した。光を右側にやると暗がりの中で舞う埃の粒と「二年一組」の教室札が目に入る。ペンライトを下げてみたが、閉ざされた教室のドアのガラス窓には黒く奥行きのない闇しか映っていなかった。

「宮木、電気のスイッチあるか」

「ちょっと待ってくださいね。ここかな」

背後で宮木が壁を探る気配があり、カチッという音と同時に周囲が明るくなった。ペンライトを下ろしかけて、俺は声を漏らしそうになる。

ドアの小窓から見えたのは暗闇ではない。教室いっぱいに張り巡らされた膨大な量の毛髪だった。長くとぐろを巻いた髪の繊維がガラスに張りついて、髪の皮脂がすりつけられた白い跡がある。宮木の小さく息を吞《の》む音が聞こえた。

「仕事だからしょうがねえ。先進むぞ」

俺は手汗で滑るライトを握り直して奥へと足を進めた。

隣の二年二組の教室の廊下側の壁は水を吸って膨れたように湾曲し、錆びた画鋲《がびょう》やプリントされた掲示物が手前にせり出していた。小窓を覗くとなだらかな白い山の稜線《りょうせん》に似た隆起が広がっている。表面に麻の葉模様に見える細かなキメが見えて、それが引き伸ばされた皮膚だとわかった。

「気がおかしくなりそうだな」

「片岸さんは全然平気そうに見えますけど」

「ここまで異様なことが続くと反応できねえだけだよ」

「普通に驚いてくださいよ。これ全部見ていくんですか」

いつの間にか隣を歩いていた宮木が暗澹《あんたん》たる声を出す。

「見てもどうしようもないが、とりあえず調査だからな」

二年三組の前に差し掛かる。ライトの先を動かして小窓を照らすと、机や椅子をバリケードのように並べた教室の中央にてらてらと光を浴びる球体があった。目だ。校舎の軋《きし》む音が何かが忍び寄る音に聞こえ、視線を感じる錯覚すら覚える。長居する場所じゃない。

「きっと、この事態の発端は、ここの守り神が土地開発で石像を壊されてバラバラになったからってことですよね」

「石像を壊したせいか、道路を開通させて土地が分断されたせいかはわからないけどな」

互いの歩幅が次第に大きくなっていた。

「でも、不思議なんですけど、ここの神様は山に住んでるわけでしょう？　何で山から出てくるんじゃなく空から降ってくるんでしょうか」

「それは……お前、あれだろ……」

俺が言葉の続きを見つける前に、突然視界が大きく縦に揺れた。校舎全体が悲鳴を上げるように軋み出し、天井から埃《ほこり》と塗装の欠片が降る。

「地震ですか!?」

「とにかく一旦出るぞ！」

俺たちは元来た方へ走り出した。床が上下し、足を取られそうになる。

二年三組の前を駆け抜けようとしたとき、壁を叩《たた》きつける鈍い音が響いた。ガラスが砕け散り、柔らかな生き物か何かが無理矢理狭い空間を通ろうとするようなみちみちという音が聞こえた。俺は一瞬視線をやったことを後悔する。今さっき通りかかったときには教室の中央にあったはずの球体が小窓に貼りついていた。ガラスに押し付けられて充血した眼球がぐるりと反転し、淀《よど》んだ薄鼠色と黒の瞳孔《どうこう》が俺を捉《とら》える。

背後でさらに衝撃が破裂した。廊下の奥の教室の扉がガタガタと揺れ、隣の教室のものより更に巨大な目玉が今にも窓を突き破ろうとしている。ふたつの教室に収められた双眸《そうぼう》が回転し、互いに視線を結ぶ。

「片岸さん、これ……」

「いいから走れ！」

俺は宮木の腕を摑《つか》んで脇目も振らずに廊下を抜け、階段を駆け下りた。

一階に辿《たど》り着いた瞬間、あれほど激しかった揺れがぴたりと止んだ。震動になれた脚が膝《ひざ》を折りそうになるのをごまかして、俺たちは校舎から飛び出す。汗だくで息を切らす俺たちを、例の初老の男が奇妙なものを見る目で見下ろしていた。

「どうかされましたか？　焦らなくても結構ですよ。そろそろお呼びしようと思ってましたが……随分長く見ていらっしゃいましたね」

男の愛想笑いと冷たい空気が、背筋を伝う汗から熱を奪っていく。錆びたフェンスの隙間を埋め尽くす空は夕暮れの赤に変わっていた。

「私たち、そんなに長くいましたっけ」

宮木が顎《あご》の汗を拭《ぬぐ》いながら言う。

「あそこにいると感覚が馬鹿になるんだろうな……」

俺はやっとの思いで返し、校舎を睨《にら》んだ。

「何が何とかやっておりますだ……あの身体のパーツ全部動いてるぞ……」

毒づいたつもりが掠《かす》れた声しか出なかった。


「どうなってるんですか、あれ。自分の身体をひとつの場所にまとめようと動いてたんでしょうか」

宮木の声に俺は資料で見た記録の挿絵を思い出す。

「それもあるかもしれないが主目的は違うはずだ。言っただろ。あれは御神体だ」

俺は白線が残る校庭の地面を靴の先で踏み均《なら》す。

「資料に山と土地が守り神の御神体そのものだって書いてあっただろ。あの神の本体はこの土地そのものなんだよ。石像がバラバラになったのが発端で起きたんなら、せめて石像を戻してこれ以上降ってこねえようにしねえと……身体が全部集まったらたぶんエラいことになる」

「エラいことってどんな？」

「臆測《おくそく》だけど、あのデカいパーツが地中に還《かえ》ろうとして一斉に動き出すんだ。村がズタボロになる」

茜色《あかねいろ》の空の裾《すそ》野に触れるように、山は影法師となってそびえていた。

三

俺と宮木は村の山道の小高い場所にある公民館に招かれた。綿が薄く畳の感触が直に伝わる座布団に座り、向かいにはここの村長という老人とその秘書の中年の女がいる。

「端的に言いますと」

そう切り出した俺を、宮木が不安そうに見上げる。こういう話し合いの場において適切な物言いというのが不得手なのはわかっているが、気にしていられない。

「あの目玉や耳は降ってきて終わりじゃありません。あれはこの土地の山か地中に還ろうとして動き回っているんだと思います」

「その場合はどうなるんでしょうか……」

秘書の方が先に口を開いた。

「臆測ですが、あの大きさで一斉に動かれた場合、納屋やガソリンスタンド程度の被害では済まないかと」

「今すぐという訳ではありませんよ。ただこれ以上御神体の部位が増えて、合体して動き出せるくらいになったときにはということで……」

宮木が取りなすように両手を振る。公民館は子どもの学習塾代わりに開放されているのか、壁一面に「私たちのための納税」や「明るい未来」など白々しい言葉を拙《つたな》い筆遣いで記した半紙が貼られていた。

「我々はどう対処するべきとお考えですか」

「納税」の字を両肩に背負う形になった村長が難しい表情で顎をさする。

「まず、今ある御神体を全部土に還した方がいい。それから道端で壊れている石像、あれを全部ちゃんと作り直して元あったところに置き直してください。たぶん、あれがバラバラになったせいで守り神の身体もバラバラになったんだ。今ある道を潰《つぶ》してならすことはできなくても、その場しのぎくらいにはなるはずです。人間にできることは誠意を示すことくらいですから」

沈黙の後、気遣うような笑みで秘書がおずおずと答えた。

「石像に関してはもう大丈夫かと……」

「何？」

思わず声が低くなった俺を宮木が小突く。

「我々もまずいと思ったんですよ。腕が降ってきた次の年に目玉が降ってきて、これはやっぱり神様を怒らせてしまったんではないかななんて言ってね」

村長が言葉を受け継いだ。

「ですから、壊れた石像は神社で供養して、元あったところには新しいものを作り直して、この山を越えたもうちょっと賑《にぎ》やかな方に全部置いてあるんですよ。古いもので土に埋まっててどうしても抜けなかったものなんかはそのままですけどね」

俺と宮木は言葉を失った。


公民館の滲《し》み出すような明かりを背に俺たちは外に出る。枯葉と山道の下の村から漂う生活の匂いを絡ませた風はひどく冷たい。

「ほら、あそこにもあるんですよ」

秘書は薄いスーツの両腕を寒そうに擦《こす》りながら隅の一角を指差した。公民館裏の駐車場の奥、椿の木に埋もれるように石像が立っていた。ぼやけた輪郭は古いものと大差ないが、手足や顔のパーツはまだくっきりとしていた。俺は屈《かが》んで表面を指でなぞった。凹凸の感触があった部分を注視すると、「九九年十一月三日」の文字がある。

「これだと駄目なんでしょうかねえ」

これからそう説得する気だと訴えるような宮木の視線を背中に感じる。俺は立ち上がって膝の埃を払った。

「一旦《いったん》、この件は持ち帰らせていただきます」

俺は苦し紛れにそう答える。役人らしい答えができたと思った。

「どうするんですか、片岸さん」

村長の見送りを断り、村の宿泊施設へと続く街灯ひとつない坂道を下る俺の背中に、宮木が呟《つぶや》く。

「どうするったって、じゃあもうひとつずつパーツを埋めるしかねえんじゃねえのか。元々、村を出た若い奴がちょっと妙なことがあるって言ったのを聞いて俺たちが派遣された。その程度の案件だ。緊急性はそこまで高くはない」

暗い道には小石が点々と落ちているだけで、月面でも見ているような気分になる。

「やっぱり道を分断したのがよくなかったんでしょうか。片岸さんの言ったように今更道路を潰してならすなんて無理ですよ」

「そうだな」

「新しい石像を建ててもらってもまだ不満なんですかね、神様は」

「どうだろうな」

「さっきから上の空じゃないですか。真面目に聞いてくださいよ」

何かを見落としているような気がしていた。宮木が蹴《け》った小石が跳ねて俺を追い越し、道端の石像に当たった。

「罰当たりだな」

宮木がくすりと笑った。

「ところで、今どのくらい御神体が集まってるんでしたっけ。目玉は両方、腕が……」

突然、脳裏に納屋を壊された老婆の声が蘇《よみがえ》った。

右目か左目かはわかりませんが。

俺は廃校舎で教室のドアを突き破らんばかりに押し寄せてきたふたつの眼球を思い出す。片方の目玉はもう片方に比べて、瞳孔《どうこう》がひと回りもふた回りも大きかった。ひとつの身体でそんなに大きさが違うことがあるだろうか。俺は足を止めて振り返る。

「宮木、腕は右と左、もう両方降ってきたんだよな」

「ええと、ちょっと待ってくださいね」

宮木は暗がりの中で鞄《かばん》を漁《あさ》り始めた。俺は近寄って鞄の中をライトで照らす。中から出てきたファイルを一ページずつ捲《めく》り、宮木があっと呟く。

「そうですね」

「見せてくれ」

俺は宮木からファイルをひったくって該当するページを探す。ひとつは学校のプールに落ちてきた腕。もうひとつは十字路を横断するように投げ出された腕だ。ライトを咥《くわ》えて両手で資料を持ち上げてみたが、十字路の写真には二の腕から肘《ひじ》にかけての湾曲と手首までしか写っていない。指先は折れた信号機に隠されている。

「くそっ……」

俺はライトを口から外して吐き捨てた。

「宮木、もう一度廃校舎に行くぞ」

「冗談でしょう」

心底嫌そうな顔の宮木の肩を叩《たた》き、俺は坂道を駆け出した。


南京錠を開けるための数字は昼間に盗み見て覚えている。悲鳴のような音を立てて鉄の扉が開き、中へ滑り込んだ俺に宮木が情けない声を出した。

「やめましょうよ、公務員が不法侵入なんてまずいですって」

「安心しろ、公務員じゃなくても不法侵入はまずい」

「余計に駄目じゃないですか」

俺はライトを片手に白線がかすかに残る校庭を進んだ。視線を上げると明かりのない校舎が闇に溶け出すようにそびえている。バラバラになった神の棺桶《かんおけ》か共同墓地になった廃校舎を照らしながら、俺は足を速めた。

「腕がしまってあんのはどこだ……?」

俺の独り言に後をついてくる宮木が返す。

「知りませんよ。というか、二十五メートルあるんでしょう。壁をぶち抜かなきゃ教室に収まりきらないんじゃないですか」

どっと夜風が吹いて、校庭の向こうの歪《いびつ》なドームが揺れた。俺はライトをその方向に向ける。壁に見えた横長の覆いが風にはためいて中から押されているような凹凸を作った。ブルーシートだ。近くにはシャワーヘッドが並ぶ壁もあった。

「プールだ、行くぞ」

空気は金属のような隙のない冷たさが増していた。傾きかけたブルーのフェンスの一部を押すと抵抗もなく消毒槽へと続く道が拓《ひら》ける。

「片岸さん、警備のひとに見つかっても知りませんよ」

「他人事《ひとごと》だな。お前も共犯だぞ。そこから動かなくていいから持っててくれ」

俺は宮木にペンライトを押し付け、プールの方に向かった。

水垢《みずあか》で白くなったシャワーが月明かりに茫洋《ぼうよう》と照らされる。そこかしこに捨てられたビート板に黴《かび》が生えていた。視界の隅に生き物のように暴れるブルーシートの端が入る。

俺はプールサイドまで急いだ。

二十五メートルのプールの端から端まで覆うようにかけられたシートは中央がふたつのこぶを作って隆起している。行儀よく揃えられた肘を想像させた。

俺は宮木に足元を照らさせ、飛び込み台へ走った。台の根元ひとつひとつに、ブルーシートを括《くく》ってある黄色と黒の紐《ひも》を解《ほど》く。冷気で手がかじかんでいる上に長年の雨と風で固くなった結び目は容易に解けない。無理矢理紐を引いた反動で跳ね上がった自分の手が、シートの下の固い感触にぶつかった。薄い鉄板のような感触だ。爪だと思った。

俺は引きちぎるように紐を解き、シートの端を握る。俺が捲るより早く強風がシートを巻き上げた。薄明かりの中に干からびたプールの底が見える。反射的に中央のものから目を逸《そ》らそうとしたが、飛び込み台の直下に円柱のような指が十本並んでいるのが目に入ってしまった。

「宮木、そこから見えるか」

答えはない。代わりに動揺を代弁するようにペンライトの光が不規則に揺れた。

「両方、右腕だ」

プールに横たわる巨大な腕二本は両方とも親指を上にして同じように消毒槽の方に手のひらを向けている。重なる指の配置は全く同じだ。

「ここの守り神は三本腕でしたなんてことないですよね……」

宮木の声が震えていた。

「俺たちが校舎の中で見た目玉、デカさが違ったんだ。それに、資料で見た守り神の絵に髪なんかなかった……」

黄ばんだ半紙に描かれていた巨人は、頭から足まで一筆書きしたような丸坊主だった。

俺は教室でとぐろを巻いていた大量の黒髪を思い出す。

「じゃあ、あそこにあった髪は誰のものなんですか。というか、毎年この村に降ってきてるのって……」

「わかんねえよ……」

古い守り神を蔑《ないがし》ろにして山や土地を拓き、怒りを買ったと思った村人が新しく神を祀《まつ》るための石像を随所に立てた。信仰を示す石碑が別のものに置き換わったこの村を見守るのは、本当に元いた神だろうか。

「別モンになっちまった守り神か……もしくは、元の土地神のふりした、全く新しい別の何かか……」

プールの中の腕の手前の一本がひとりでに微《かす》かに動いた。風に揺れたのかと思った矢先、腕は青紫色の静脈が浮いた手首をゆっくりと反転させ始める。後退《あとずさ》る宮木の靴が地面を噛《か》む音が聞こえた。ずっ、ずっ、と這《は》いずる音を立て、腕は手のひらをこちらに向けた。四本の指がゆっくりと中に折り畳まれ、残った人差し指が天を指す。黙っていろ、のジェスチャーのように。


翌朝、朝日が照らす村は水田も木立も燦然《さんぜん》と輝き、不穏なものなど何ひとつないように見えた。昨夜、俺たちはあの後、プールのブルーシートを元通りにして腕を覆い隠し、逃げるように校舎を出た。何も見なかったという顔をして村が用意した宿に戻った俺たちは、今、ただ車の中に座って長閑《のどか》な村を眺めていた。土地を拓いて通した道路をブルドーザーやクレーンなどの重機が横切っていく。塗装に反射する陽光が一睡もできなかった目に痛い。

「結局、埋めろって話したんですか」

助手席の宮木が目を擦《こす》って言った。ハンドルにもたれかかりながら俺は重い頭で頷《うなず》く。

「ああ、別の神だかわかんねえものがいるってことは言わなかった。山のまだ開拓されてない部分でも何でもいいから元の土に還《かえ》してあげましょうって言っただけだ」

「実際それくらいしかできませんよね」

「俺たちの部署の仕事はこういうもんだ。珍しい案件を扱っちゃいるが、結局一介の役人風情だしな。領怪神犯に関するものは、基本的に解決なんかできないと思っとけ。最悪の事態さえ防げりゃ御の字だ」

俺は肩を落とす宮木の膝《ひざ》に、自販機で買った缶コーヒーを放り投げる。宮木は少し笑顔を見せて頭を下げた。

「埋めた後、どうなるんでしょうね……」

「さあな。本当の守り神がまだ生きてて、地中に入ってきた訳のわからないろくでもないもんを村のために倒してくれる、とかだといいな」

通りすがった昨日の老人が、トラックの運転席から俺たちに向けて手を振った。俺はクラクションで返す。排ガスが眩《まぶ》しい日光を乱反射させ、道路の向こうにそびえる山の稜線《りょうせん》までをもなぞった。

「そう祈るしかねえよ」

実際、神に対して人間ができるのはそれだけだ。

ひと喰った神

RYOU-KAI-SHIN-PAN

There are incomprehensible
gods in this world who cannot be called
good or evil.

序

うちの祖母《ばあ》さんはとんでもないろくでなしだ。

葬式じゃみんな、あんなにいいひとはいないとかほざいてたが、俺だけは知ってる。あの祖母さんが言ったことに本当のことなんかひとつもありゃしない。うちは俺が生まれる前に親父が出て行って、お袋は働き詰めだったから、祖母さんが母親がわりに俺の面倒を見てた。本当に優しい方ね、なんて周りが言うからガキの頃はそう信じてた。何でもない、祖母さんは男のガキがほしかったのに女しか産めなかったから、俺を我が子代わりにしただけだ。俺への甘やかし方は異常だった。本当にろくでもない。

それでも、やっぱり叱られたくらいは何度かある。これはうちに限った話じゃないが、村の人間はだいたいガキの頃「悪いことをすると山の〝ひと喰《く》った神〟に連れていかれるよ」って脅されて育った。そのくらいは別にいい。どこだってよくある話だ。

その度に俺は何で〝ひと喰い神〟じゃなく〝喰った〟なのか気になってた。十歳かそこらのとき、祖母さんにそう聞いてみたことがある。

そうしたら、「昔は願い事を聞く代わりに叶えた後ひとを喰う怖い神様だったけど、あるとき村の巫女《みこ》さんが自分を捧《ささ》げて、これを最後に村のひとを食べないでくださいとお願いしたの。それからは村を見守ってくれるいい神様になったのよ」とか言ってたっけ。本当に嘘ばっかりの祖母さんだった。

俺は中学に入ってすぐ死にかけるような目に遭った。下校途中、ガソリンスタンドの前を歩いてたとき、給油を終えて出てきたトラックが急にカーブしやがって思いっきり撥《は》ね飛ばされたんだ。痛いとか怖いとかは覚えてない。トラックの荷台の積み荷が崖崩《がけくず》れを起こしたみたいに、ざあっとこっちに滑ってきたのだけは覚えてる。

後から聞いた話では、俺は相当マズかったらしい。腹からいろんなモンがはみ出してたのを医者が必死で押し込んだって聞いてる。集中治療室から青い顔で出てきた医者が、最悪のことも覚悟してくださいってお袋に言ったくらいだ。そのとき、祖母さんが「私が何とかする」って立ち上がったらしい。今思うに、死んでた方がマシだった。

たぶん、俺は昏睡《こんすい》状態で夢を見てたんだろうな。よくいう三途《さんず》の川や花畑なんかは見なかった。代わりに暗い山道と、痣《あざ》の浮いた皺《しわ》くちゃの痩《や》せた脚が見えた。俺のじゃない脚が進むたび、景色が前に進んで闇が濃くなった。一度カメラを上げるみたいに空が見えて、毛細血管みたいな枯れ枝が夜空に広がってるのが見えた。

視線が地面に戻ったとき、妙な生き物がいた。鹿みたいな角が生えてたけど、生き物っていうより乾いた藁《わら》の塊みたいだった。公民館に飾ってある昔のゴザだか防寒具だかに似てたな。

そいつには目も鼻も耳もなかった。藁みたいな毛の中央が膨らんでてしきりに動いてた。毛が割れたところに薄く透ける赤いチューブやビニール袋みたいなものがあって、内臓だと思った。そいつには口もないのにな。

視点が下に降りて、砂利と枯葉で濡《ぬ》れた地面だけが映った。そいつに土下座するみたいに跪《ひざまず》いたんだと思う。夢はそこで終わりだった。

目が覚めたらベッドの横に祖母さんがいて、もう大丈夫だって言われた。麻酔が効いてて痛みはなかったけど、腹の中が空っぽだと思った。ずっと点滴だけ受けてたし、内臓のどっかが千切れたからだとそのときは思ってた。

それからしばらくは何事もなかった。俺は大学進学と同時に村を出た。ときどき村に帰ってたんだが、あるとき山に続く雑木林に今までなかった細い獣道ができていた。それで、暗くなる頃、人目を気にしながらそっちに向かっていく人間をよく見かけるようになった。

ついこの間、祖母さんの葬式のために村に帰った。いや、葬式ってより、ちょっとエラいことになったから来てくれって言われて慌てて行ったんだ。病院に着いたら警察の人間がいて、俺を見るなり事件ではないと思うんですが、とか切り出した。何事かと思ってついていくと、祖母さんの検死を終えた医者とお袋が途方にくれたような顔をしてた。

死んだ祖母さんの腹の中身がごっそりなくなってるっていうんだ。医者の話じゃ、獣に食い破られたみたいだったらしい。生きてる間の検診じゃ何もなかったし、八十のとき大腸癌の手術をしたときも中身はちゃんとあった。死後、動物が祖母さんの腸《はらわた》を食い散らして、手術痕《こん》も残さずきっかり元通りにしたとしか思えないってさ。面倒見てたお袋がまさかそんなことできるはずない。する意味もないしな。

何もわからないまま、とりあえず葬式と火葬を終えた。

家に帰ったら形見分けでほしくもない手帳をもらった。祖母さんは日記をつけていたらしい。お袋は書いてあるものが何のことかわからないけど俺の名前があったから、だと。

お祖母ちゃん晩年は呆《ぼ》けてたから、って言い訳しながら渡された手帳を開くと、最初のページに筆ペンで書かれた俺の名前があった。その次のページからは子どもが自由帳に書くような丸とうねった線の迷路みたいなものが赤鉛筆で書いてあった。

あんたが子どものときこんなの描いてたでしょ、とお袋は笑ってたが違う。俺にはそれがあの化けモンの内臓だとわかった。

それからだ。村で死んだ人間が生きてる間はピンピンしてたのに、解剖すると腹の中身がごっそりなくなってるってことがよく起こるようになったのは。

一

狭い車内にコーヒーの匂いが充満している。

助手席の宮木が半分に割った鯛焼《たいや》きから溢《あふ》れる餡《あん》を見下ろしてあっと呟《つぶや》いた。

「これ、こしあんでした」

「どっちも同じじゃねえのか」

「全然違いますよ。つぶあんがよかったのに」

憤慨したような言い方だった。宮木が手についた餡をウェットティッシュで拭《ぬぐ》ってから、諦《あきら》めて鯛焼きにかぶりついた。暖房の熱気で結露した窓ガラス越しに、今時珍しい木造建築の駅舎が見えた。その脇には小さな鯛焼き屋がある。湯気の中で鉄板の鯛焼きを裏返す女主人の顔と目が合って会釈される。笑っていても不幸そうに見える泣き黒子《ぼくろ》に、一瞬懐かしい面影が重なって俺は顔を背けた。

領怪神犯に関わるとき、何よりも大事なのはつけ込まれる隙を作らないことだ。弱みや傷や揺らぎのようなものを抱えたまま対峙《たいじ》すれば、曲がりなりにも神とつく奴らはするりとその隙間に滑り込んでくる。俺はかぶりを振ってコーヒーを啜《すす》った。

「ほとんど客の来ない屋台の代わりに、駅員のひとりでも置けばいいのにな」

「いいじゃないですか、私はこういう楽しみがある場所の方が嬉《うれ》しいですよ」

「遊びじゃねえぞ。今回の依頼は村の医者のタレコミだ。普通隠しておきたがる話をわざわざ持ってくるってことは、前より更に厄介かもしれない」

入っているものが外からこしあんかつぶあんかわからないだけならまだいい。膨れた小麦粉の腹の中に何も中身が入っていなかったら。今回はそういう話だ。


緑が煙るような木々が鬱蒼《うっそう》と茂る森を背に二階建ての病院が建っている。雨垂れで汚れた壁を見上げると、錆《さ》びたフェンスで囲われた屋上の物干し竿《ざお》に白いシーツがはためいていた。夜に見たら幽霊だと勘違いするだろう。

仕切りもろくにない駐車場に車を停めて、俺と宮木はバンを降りる。

「話ではこの山に〝ひと喰《く》った神〟がいるそうですね」

深緑の葉が覆う陰鬱《いんうつ》な山の麓《ふもと》を見つめて、宮木が呟いた。

「何でひと喰い神じゃねえんだろうな」

「言い伝えでは、昔は村人の願い事を聞く代わりに、叶《かな》えた後ひとを取って喰う悪神でしたが、巫女が自らを生贄《いけにえ》に捧げてから改心して善神になった、とのことですよ」

「善神だったら俺たちが呼ばれてねえよ」

口にしながらも、そうではないということは俺自身がよく知っていた。善悪で判じられるならもっと簡単だ。悪神は是が非でも滅ぼせば済む。だが、人間の物差しで測れないものを無理に破壊するととんでもないことになる。そういう事態も何度か経験した。

病院の名前が白で彫り抜かれた、うがい薬のような茶色のガラス戸が開き、白衣を肩にかけた初老の医者が俺たちを招き入れた。昼休憩の最中なのか院内は静かで、リノリウムの床に反射する蛍光灯の光が廊下を洞窟《どうくつ》のような暗さにしていた。受付では看護師がカルテや処方箋《しょほうせん》を堂々とカウンターに広げていて、宮木が苦笑する。緑の公衆電話と紙パックのジュースの自販機があるロビーはあと少しで老人の溜《た》まり場になるのだろう。田舎らしい大らかさと杜撰《ずさん》さに満ちた院内を通り、医者に促されるがまま俺たちは奥の診察室の中に入った。

医者は引き戸を閉め、俺たちにスチール椅子を勧めた。背もたれもない薄いクッションの椅子に腰を下ろして医者と向かい合うと、患者になったような気分になる。

「本来は患者さんの個人情報なのでお見せできないんですが、今回は特別な措置ということで……」

医者は棚から紙束がはみ出した分厚いファイルを取り出し、机に置いた。

「うちで亡くなった方の記録です」

「拝見します」

ファイルを開くと黄ばんだ罫線《けいせん》ノートの紙が何枚も綴《と》じられていた。ボールペンで走り書きされた文字は専門用語なのか何語かすらもわからない。宮木にも見えるようファイルを半分傾けたが、俺と同じように目を点にするだけだった。四角の脇のメモはかろうじてドイツ語だろうと見当がついた程度だ。

「これはその、どういう……」

医者に解説を求めようと顔を上げかけたとき、ノートに挟まれた一枚の写真が目に飛び込んできて俺は息を呑《の》む。

白いアーチの門が幾重にも並んでいるように見えた。弧を描く梁《はり》の向こうに上を向いた人間の顎《あご》と鼻がある。寝台に寝かされて開腹された死人の上半身の写真だ。後ろの宮木を顧みたが、驚いた様子もなく俺の肩越しに写真を凝視しているだけだった。

再び視線を落とすと、アーチに見えた肋骨《ろっこつ》のぞっとするほど機械的で非人間的な構造がありありとわかる。それから遅れて気づいた。

肋骨の中に収められているはずの内臓が皆無だ。骨と骨の間に張っているはずの筋組織すらない。丁寧に肉をねぶり取られたフライドチキンの骨を想像させた。

「内臓が……」

「そうです」

俺の声に医者は溜息《ためいき》をついて頷《うなず》いた。

「二年ほど前からこの村で亡くなった方に起こる事象です。生きている間は何の問題もないんです。ただ仏さんを開腹すると、あるはずの内臓がごっそりなくなっているんですよ。死後間もなく解剖を行ったときもそうですから、腐敗や微生物では説明がつきません」

「内臓だけを溶かす寄生虫ですとか……」

口を挟んだ宮木に医者は首を振る。

「内臓の大部分を失っていて何の自覚症状もないのは考えられません。発端となった唐《から》原《はら》さん――失礼、患者さんは亡くなる一週間前にレントゲンを撮っていますがそのときは何の問題もありませんでした」

「生きている間あったはずの内臓が死んだ途端消えるのか……」

俺はファイルを閉じた。

「警察には最初臓器売買を疑われましたよ。ご遺族の方が証言してくださって事なきを得ましたが――」

医者は自嘲《じちょう》するように笑う。俺は興味津々といった様子の宮木の横顔を見た。

「よく飯を食った後で死体の写真を見て平気だな」

「それとこれとはあまり関係ありませんから」

「俺より肝が据わってるよ」

宮木は怪異に対して驚くことや不安がることはあっても、逃げたり手に負えないほど取り乱したりはしない。この若さでどうやって身に付けた度胸だろうと思わなくもない。

カルテや解剖結果の写真をカメラに収めてから病院を出ようとした矢先、見送りについてきた医者を看護師が呼び止めた。

「唐原さんのお孫さん、また来てますよ」

眉《まゆ》をひそめる看護師に医者は諫《いさ》めるような視線を投げる。唐原。医者がうっかり漏らした第一犠牲者の名前だ。茶色のガラス越しに視線をやると、まだ若いが陰鬱な印象の男が駐車場の車と車の間から見えた。

病院から出た俺たちが近づいても男は気に留める様子もなかった。

「私たちの車がどうかしましたか？」

宮木が愛想笑いを浮かべると男は視線だけ動かした。猫背で痩《や》せた身体は枯れ木のようだ。淀《よど》んだ目の下には涙袋と一体化した濃いクマがあった。

「東京の、ナンバーだな……」

掠《かす》れた声だった。男は言ってからわずかに目を逸《そ》らす。詮索《せんさく》好きの田舎者と一緒にされたくない若者らしさを感じて、俺は気づかれないように苦笑した。

「何でこんな辺鄙《へんぴ》なところに？」

俺が何か言う前に宮木が前に進み出ている。止める暇もなかった。

「この村で起こっている事件について調査に来ました。唐原さんですよね？　何かご存知でしたらお聞かせ願えますか」

有無を言わせない宮木の笑顔に男がたじろいだ。

昼間にもかかわらず夜半のように薄暗い山道を歩きながら、唐原は二十四歳で、東京にいたが体調を崩して辞職し、今は故郷のこの村に戻って旅館で働いていると話した。笑顔が想像できないこの男が接客業というのが信じ難かった。

「旅館だけど、観光に来るところでもないから、奇特な営業マンか安い合宿所を探してる学生くらいしか来ないけどな……ここの人間じゃないのと顔を合わせられるだけでいい……」

唐原は唇に煙草を押し当てて火をつけた。

「唐原さんがこの村に戻られたのはいつのことですか？」

隣を歩く宮木が煙を避《よ》けてわずかに仰《の》け反りながら問う。

「祖母《ばあ》さんの葬式で一旦《いったん》戻って、その半年後だから一年半前になるかな。本当は次、お袋の葬式でもない限り二度と帰らないつもりだったけどな……」

唐原は煙を吐いて咳《せき》をする。

「聞きたいのはうちの祖母さんのことか？」

「それ以外にも知ってることがあれば」

俺が言うと男は噎《む》せるように肩を揺らして笑った。

「外の人間が調べて得のあるもんじゃない。第一ここの奴らの自業自得だからな」

問い返そうとしたとき、小さな鈴の音が聞こえた。唐原が足を止める。山道を取り巻く木々の間からひっつめ髪の三十代くらいの女が飛び出してきた。

唐原は鋭い視線で女を見る。女は慌てて屈《かが》んで地面に落とした鈴つきの鍵《かぎ》を拾った。

「どうも……」

毛玉のついたトレーナーのポケットに鍵を押し込み、女は逃げるように山道を駆けていった。女が出てきた方には密集した木々にわずかな隙間があり、削り取られた傷跡に似た山へと続く獣道があった。その奥に、緑がかった黒の葉に埋もれるように赤の鳥居が浮かび上がっていた。

「屑《くず》ばっかりだ……」

唐原は足元に吸殻を捨て爪先《つまさき》ですり潰《つぶ》すと、俺と宮木に向き直った。

「うちに来るなら祖母さんの遺品を見せる」

紙巻が破れて中身の葉を溢《あふ》れさせた煙草がくの字に曲がった何かの死体のようだった。

「うちの祖母さんは、本当にろくでもない女だったよ……」

独り言のような唐原の声はほとんど重い磨《す》りガラスの引き戸を開ける音にかき消された。俺と宮木は聞かなかったふりをした。

塗装が剝《は》げた玉すだれを撥《は》ね上げて家の中に入る。底冷えする廊下は、丸めたカレンダー、段ボール、折りたたみ式の椅子や台車の骨組みなどが所狭しと散乱していた。

「祖母さんが死んでからも、片付けて売るのが面倒で、仕事が休みのときはここに来て虫が湧かないか見てるんだ。ほとんど手をつけてないから散らかってるけどな……」

まだ夕暮れ前だというのにひどく暗い家の中を、物を避けながら進む。積み上げられたゴミの山は闇の中に溶け込んで輪郭を失い、人間の居住地を丸呑《まるの》みした魔物の食道を歩いているような気分になる。

「聞いただろ。俺の祖母さんが最初の犠牲者だって」

唐原は俺たちを台所の椅子に座らせ、グラスに麦茶を注いだ。白地に赤い花模様のヤカンはおそらく彼の祖母が使っていたのだろう。死んだ祖母の家の匂いがすっかり染みついた唐原は、まだ若いのに疲れ果てた老人のような雰囲気がある。彼の肩越しに居間の介護用ベッドが見えた。

「犠牲者なんて言い方、虫がよすぎる。半分は祖母さんの自業自得みたいなもんだ」

「それでは、もう半分は？」

宮木が麦茶を啜《すす》って平然と聞く。唐原は俺たちに背を向け、無言で居間へ向かった。

「私、怒らせちゃいましたかね」

「今更だろ」

「ああいうタイプは少し怒ってるくらいじゃないと話が引き出せないんですよ」

戻ってきた唐原は贈答用の和菓子か何かの古い箱を手にしていた。

「これが祖母さんの遺品の日記だ」

彼は箱から取り出した手帳の最初のページを捲《めく》った。二ページ目からを俺たちに向ける。黄ばんだ紙の中央に大きな楕円《だえん》が描かれ、その中に脳みそや腸のような線が幾重にも重ねられていた。俺は紙をめくった。どこにも同じような図が描いてある。たまに楕円の上の方に両側から突き出した線のようなものがあるものも混じっていた。

「これは……」

宮木が曖昧《あいまい》な笑みを浮かべて日記を返した。

「イカれてると思っただろ」

「お祖母《ばあ》様は闘病なさってたんでしょう。薬の影響でせん妄が起こることもありますから……」

赤鉛筆で描かれた不気味な絵だ。俺は子どもの頃見た、蛙の薄い腹に血管と内臓が透けている様を思い出した。

「内臓か……？」

無意識に呟《つぶや》いた言葉に唐原が目を見開いた。

「いや、独り言です」

彼は口を噤《つぐ》んで俯《うつむ》いた。長い沈黙の後、粘質な視線が俺を刺した。

「俺のこともイカれてると思うかもしれないけどな……」

唐原がテーブルの上で指を組んだ。

「俺は子どもの頃、トラックに轢《ひ》かれたことがある。相当マズい状況だったらしい。ずっと昏睡《こんすい》状態だった。そのときに夢で……こいつを見たんだ」

陰鬱《いんうつ》な面差しに更に暗い影がさす。

「暗い山道で、辺りが森みたいな木々に覆われた坂を上ってる夢だった。上りきったところに妙な生き物がいたんだ。角の生えた乾いた藁《わら》の塊みたいな生き物だった。そいつには目も鼻も耳もなかった。藁みたいな毛の中央が膨らんでてしきりに動いてた。毛が割れたところに薄く透ける赤いチューブやビニール袋みたいなものがあって、内臓だと思った。そいつには口もないのに、内臓は何か喰《く》ったものを消化するみたいに動いてたんだ」

唐原は話し終わる前に俺と宮木から目を逸らした。自分が理解されないことを言って
いる自覚があるのだろう。どんな反応も欲しくないというように伏せた目が淀んでいる。

「村で他にそういう生き物の夢を見たひとはいますか？」

唐原は首を振った。

「さあな、聞こうと思ったこともない。こんな田舎でおかしい奴だなんて噂が立ったら
仕事なんかできない。わかるだろ」

「では、この夢の生き物に心当たりは？」

唐原は鈍器のような卓上のガラスの灰皿を引き寄せ、煙草を取り出して火をつけた。

たゆたう煙が沈黙の底を這《は》う。

「ひと喰った神」

彼は白い煙を吐くと同時に言った。俺は小さく息を吸う。

「土地の信仰……ですか」

「迷信だとしか思えないだろうな。でも、たぶん俺が見たのがそれだ」

「なぜ、それが唐原さんの夢に出てきたんでしょう」

宮木の問いに彼は自嘲《じちょう》するように笑う。

「うちの祖母さんが、そいつに祈ったからだろうな」

灰がテーブルに落ちて、残った火の粉がニスの塗装を溶かした。

「願い事を叶《かな》えるためにひとを喰う悪神だったが改心した、なんて大嘘だ。あの祖母さんの言うことには本当のことなんか何もない。あれは未《いま》だにひとを喰う化け物だ。あの女はそれに祈ったんだよ。孫を助けてくれってな」

燻《くすぶ》った怒りが低い声に混じるのを感じる。

「唐原さんのお祖母様はひと喰った神に祈って、あなたの命を助けてもらう代わりに、喰われたと？」

「それはおかしいですよ」

俺の言葉を宮木が遮る。

「お祖母様は病気で亡くなったんでしょう？　それも唐原さんが大きくなってからだいぶ後に。その場で喰い殺された訳でもないのに……」

宮木はそこまで言って自ら黙りこくった。たぶん俺と同じ推測に辿《たど》り着いたのだろう。

俺は代わりに引き継いだ。

「ひとを襲って喰い殺すんじゃない。喰った結果だけを残す。だからひと喰い神じゃなく〝ひと喰った神〟ってことか……」

唐原は頷《うなず》いた。

「うちの祖母さんはとんでもないものを起こしやがった。俺はあのまま死んでた方がマシだったってのに……」

「そんなこと言ったら駄目ですよ。唐原さん自身には何事もないんでしょう」

唐原が立ち上がり、徐《おもむろ》にシャツのボタンに手をかけた。唖然《あぜん》とする俺たちの前で指が上から下までボタンを次々と外していく。

「ちょっと、何してるんですか」

宮木が止めるより早く、唐原は全てボタンを外し、黒い肌着の裾《すそ》を捲《まく》り上げた。

俺たちは別の意味で言葉を失った。

「俺の腹には事故のときの傷跡があった。ぐちゃぐちゃだった腹を縫い直した傷だ。最初は縫合痕《こん》だった。でも、それがだんだん変わって」

肋《あばら》の浮いた薄い腹に傷跡がある。成長によって引き攣《つ》れたり、古くなって変色したりした傷ではない。赤黒い無数の直線が何重にも重なって、網目状の痕《あと》を作っている。内臓を食い破ろうとした獣の鋭い爪に裂かれたような傷だ。

「襲ってくる化け物なら対処しようがある。でも、喰った痕しか残さない、見えない神ならどうすればいい？」

唐原は光のない瞳《ひとみ》を歪《ゆが》めるように笑った。

「……宮木、山に行くぞ。実態を調査しないと」

呆気《あっけ》にとられていた宮木は小さく息を吸うと、やっと我に返って頷いた。

「山に行くなら、夜になってからにした方がいい」

アンダーシャツを下ろしてボタンを留めながら唐原は言った。

「どれだけこの村が終わってるかわかるからな」

窓の外の夕陽は台所に差し込んだ側から黒い闇に変色し、部屋中にひしめく老人の遺物を色濃く縁取った。


夜の森は空との間が曖昧になるほど黒々と広がっていた。

「片岸さん。思うんですが、廃校舎のときもそうでしたけど、私たちちって踏み込まなくていいところまで踏み込んで、遭わなくてもいい危険な目に遭ってませんか」

木の根が隆起した道に足を取られまいと、慎重に進む宮木が情けない声を出す。

「何言ってんだ、税金で飯食ってんだからこれくらいやれ」

「はいはい、民間で誰もやりたがらない仕事をやるのも公務員の特権ですもんね」

宮木の蹴《け》った小石が俺の踵《かかと》に当たったって、宮木の代わりに不満を訴えているようだった。

「こういうの、ホラー小説とかだと村ぐるみで何かを隠してて、何も知らない余所者《よそもの》を生贄《いけにえ》にするとかよくありますよね」

「生贄も何も……そもそも唐原以外の村の人間はそれほど重く捉《とら》えてなさそうだぞ。せいぜい隣の市の警察に疑われるのが面倒だってくらいじゃねえか」

「そこですよ。信じられません」

天蓋《てんがい》のように垂れ込める頭上の木々が夜風にざわついた。

「普通に生きてるつもりでも知らないうちに何かに内臓を食い荒らされてるかもしれないんですよ。犠牲者は理由も法則性もわからないって言いますし。普通は嫌じゃないんですかね」

「生きてる間何ともなけりゃ気にしねえって奴は多いんじゃないか」

「本当に生きてる間は何事もないんですかね」

獣に引き裂かれたような唐原の腹部の傷跡を思い出す。俺は何とも言えず、別の話題を探した。

「生贄って言えば」

「嫌な前振りですね」

風でそよいだ木々の葉が食い破られたように割れ、遥《はる》か上の月光が降り注ぐ。

「ひと喰った神に身を捧《ささ》げた巫女《みこ》ってのは本当にいたのかな」

「どうなんでしょう。来る前に調べたんですが、記録が何もないんですよね。なぜひと喰い神じゃないのかって話に都合よく後付けしたねつ造かも……」

木々の間から見える坂道の斜面は少し上ったところが開けていて、山頂に近づいていたのだとわかった。

そのまま踏み出そうとしたが、宮木が俺の肩を掴《つか》んで止める。砂利と枯葉が濡《ぬ》れて月明かりを鈍く反射させる地面に、大きな岩の塊のようなものがあった。その塊が微《かす》かに震えている。そこから押し殺したような声が響いていた。

「お願いします。どうか、どうか……」

俺は咄嗟《とっさ》にライトを消して口元を押さえた。宮木が闇の中で小さく頷く。塊は人間だ。全身を折り曲げて、地面に手をつき、土下座をして何かを陳述するようにうずくまった人間だった。

闇の中で縮れた白髪がそよぎ、老人だとわかる。暗さに慣れてきた目に臙脂色《えんじいろ》のダウンジャケットの背と、古いカーテンのような花柄のスカートが見えてきた。泥に汚れるのも構わず額を地面につけた老婆の声だけが風の中に染み出してくる。

「あの女を殺してください……」

俺は息を呑《の》んで宮木を見た。蒼白《そうはく》な横顔は微動だにせず、視線は老婆のいる方に釘付《くぎづ》けになっている。

「あれは悪い女です。息子は騙《だま》されているんです。お父さんが亡くなったのもあの女のせいです。私にはわかります。あの女はお父さんが一生懸命に働いてやっと建てた私たちの家が欲しいだけなんです。私も足腰が立たなくなったら邪険にされて殺されます。今まで十九で嫁いでから、お舅《しゅうと》さんにもお姑《しゅうとめ》さんにもずっと尽くして、辛《つら》いこともずっと耐えて、私に残ってるものは家と息子だけなんです。あの女にそれを全部盗《と》られたらたまりません。今まで私は何にも悪いことなんかしたことはありません。それでも私は地獄行きで構いません。ですから、どうか、あの女を殺してください……」

押し殺した老婆の声に混じる憎悪が夜闇に溶け出して、闇を一層濃くする。月光が折れ曲がった老婆の背の輪郭をなぞる。

そのとき、老婆の前に佇《たたず》む何かがいることに気づいた。子どもほどの大きさの藁《わら》の塊に見えた。その両脇から枯れ枝に似た角が突き出している。

宮木を呼ぼうとした瞬間、それは俺の目の前にいた。目も鼻も耳も、口もない獣だ。毛羽立ったラクダ色の毛の中央が割れて、蛙のように膨らんだ腹が透けている。赤いゴムホースのような腸と風船じみた臓器がしきりに脈動していた。そいつから目が離せず、指一本も動かない。思考だけが俺の脳内を駆け巡った。

村の連中も薄々気づいている奴はいるはずだ。理由も法則性もないはずの犠牲者は皆、〝ひと喰《く》った神〟に願いを叶《かな》えてもらって喰われたんだ。この村の連中は死後内臓を抜かれることを気にも留めず、異形の神に願を掛けていた。

ペンライトを握る俺の右手に何かが触れる。枝や葉にしては柔らかい感触だった。視線を右側に少しだけズラす。垂れ下がっていたのは黒い枯葉ではない。乾燥した海藻のように濡れて固まった黒い毛髪の束だ。女が立っていた。

髪に隠れて顔と上半身は見えないが、その下の緋色《ひいろ》の袴《はかま》は巫女が身につけるものだとわかった。袴の腰の辺りが緋色というより、海老茶《えびちゃ》に近い色に変色していた。女が手を震わせ、腹に垂れる髪に触れる。

やめろと言いたかったが、声が出ない。黒髪の幕がこじ開けられるように広がっていく。その下に現れた女の腹の中央は血で幾重にも曲線を描いた跡がある。唐原の祖母のメモと同じ図面だ。

女が下帯を解き、着物の合わせをくつろげた。その中にあるのは空洞だ。古い大木の洞《ほら》のような黒い穴が口を広げている。

口もないはずの獣が笑ったのがなぜかわかった。

女も俺を見ている。髪の中から強いるような視線を感じた。

真相に辿り着いたなら、お前は捧げないのか、と。本人が願掛けをした訳でもない唐原にまで影響が及んでいるのは、おそらく神が暴走し始めた証拠だ。そして、この神を止める方法はひとつだ。誰かがまた巫女のように身を捧げて、ひと喰いを止めさせるしかないのだ。

「俺はまだ……」

ざっ、と斜面を滑るような音がした。呪縛《じゅばく》が解けたように身体が動く。隣で宮木が強《こわ》張《ば》った顔に薄笑いを浮かべていた。

「す、すみません。足が滑っちゃって……」

視線を戻すと、獣と巫女は消えている。代わりに木々の向こうで音を聞きつけた老婆がこちらを見ていた。

「よし、逃げるぞ」

俺は宮木の手を摑んで、凹凸の激しい坂道を転げるように駆け下りた。

視線を感じる。獣か巫女か老婆のものかはわからない。

息を切らして山の麓《ふもと》に飛び出すと、廃墟《はいきょ》と変わりない薄汚れた病院が佇んでいた。顔を上げると、屋上にまだ干したままのシーツがはためいている。その上には満腹になるまで腹に詰め込んで、丸々膨れたような満月が光っていた。

俺は汗ばんだ手を腹になすりつけた。肋骨《ろっこつ》と肉の感触が手を押し返す。空洞ではない。

正午を迎えた村は後ろ暗いところなど何も感じさせない長閑《のどか》な明るさに満ちていた。

バンの助手席で、宮木が俺の作成した報告書を見ながら溜息《ためいき》をつく。

「直ちに問題はなし、ですか」

「詳しいことは記録に残らないよう口頭で伝える。信用できる奴だけにな。まあ、あとはいつも通り上の奴が何とかするだろう」

俺の上司は俺の知らない伝手《つて》を持っているらしい。例えば、郷土資料をでっちあげて信仰の対象を少しずつ書き換え、徐々に村人たちに信じさせていくような。

文字通り、神をも恐れぬ行為だと思うが、こんな些末《さまつ》な改ざんの影響が出るのは何年もかかることで、あってないようなものだと奴は言っていた。命を投げ出すような善行も、後先考えず化け物に頼るような悪行もできない俺にできる後始末といえば、このくらいが妥当だ。俺はライターで煙草に火をつけて煙を吐いた。あの老婆に顔を見られた以上、村に長居はできない。

「そろそろ出るけど、もう鯛焼《たいや》き買わないのか」

「食べる気になりませんよ……」

「つぶあんじゃないからか」

宮木が呆《あき》れたように笑った。

駅舎の向こうにせいぜい三、四階建ての小さなホテルが見えた。刑務所に似た茶色の壁からタクシーが一台吐き出され、白いシャツにベスト姿のホテルマンに見送られながら遠ざかっていく。尾を引く排ガスを見つめて立ち尽くす男に見覚えがあった。髪を分けてごく自然な微笑みを浮かべていたが、目の下のクマと痩《や》せた背は間違いなく唐原だった。

唐原が一瞬俺の方を向いた。接客業の人間らしく上げていた口角がふと下がり、何もかも諦《あきら》めたような無表情になる。小さくなったタクシーを淀《よど》んだ目で睥睨《へいげい》すると、唐原は踵《きびす》を返してホテルの中へ消えていった。

「生きてる間に何にもなきゃいい、か……」

俺は窓を開けて車外に煙を流す。唐原に見送られた客は、あの腹の中に隠された鬱屈《うっくつ》と諦観《ていかん》を死ぬまで知らないだろう。

「俺たちだってそうやって騙し騙し生きてるしな。その場限りで上手《うま》くやれれば後は気にしない。そういう奴が大半だ。俺もお前の前の部署について何も知らないしな」

「聞きたいですか？」

俺は首を横に振る。

「私も片岸さんがその歳でバツイチって噂、確かめようと思ってないですよ」

宮木の笑みを含んだ声が耳に痛い。俺はフロントガラスの向こう、駅前の鯛焼き屋で店番をしている女を見た。煙草を携帯灰皿に捩《ね》じ込む。

相変わらず笑っていても不幸そうな泣き黒子《ぼくろ》だ。

「実際そんなようなもんだ」

俺は窓を閉めてからシートベルトを確かめ、アクセルを踏んだ。

不老不死の夢の神

RYOU-KAI-SHIN-PAN

There are incomprehensible
gods in this world who cannot be called
good or evil.

序

綺麗《きれい》な海でしょう。

この村だとどこからでも海が見えるんだけど、ここからの眺めが一番すごいの。

夏になるとサーフィンや海水浴、冬でも釣りをするひとなんかが、こんな田舎ではちょっと珍しいってくらい余所《よそ》から来るもんだから。

こうして通りにお土産物屋さんもたくさんできてね。

ちょっとずつちょっとずつ、今でもお店が増えてるんだけど、新しいものを建てるときは必ずみんな少しだけ家と家の間隔を空けておくのよ。

近くの村のひとたちは土地の無駄だとか言うけど、こんなに広いんだものねえ、無駄に使うくらいじゃないと。

もっと酷《ひど》いひとだと、老人の抜けた歯みたいでみっともないって言ったりなんかするんだけど、まあこっちもうちがみんなお客を取ってるんだからやきもちくらい焼かせてやれなんてね。

そうそう、こうやって家どうしの間隔を空けておくと、隙間から海が見えるでしょう。

朝と夕方の一番光が強い時分だと、波が一斉に光ってね、魚の鱗《うろこ》みたいに見えるのよ。お客さん、見ました？　この海の一帯には人魚の絵が描いてあるお店や旅館が多いでしょう。

そう、昔はね、まだこんなに栄えてなかった頃は防波堤なんかもなくて、その頃だといっぱいに広がった砂浜と海の境目が綺麗に見えてね、白い肌と鱗の生えた人魚の尻尾《しっぽ》みたいに見えるって話だったのよ。

砂浜がお腹の肌のところで、海がギラギラ光る鱗の部分ね。ちょうどあの丘の出っ張りか裾野《すその》が腰のくびれで、奥の方の崖《がけ》から垂れてる森が髪の毛、向こうの……今は霞《かす》んで見えないかしら、残念ね。本当は山があるんですよ、そんなに大きくないふたこぶの山で、それが……あら、ごめんなさい。漁村のおばちゃんはこれだから嫌ね。なんてね。

ほら、うちのお店のこの干物も人魚焼きって言ってて。人形焼きじゃないのよ。まあ、普通のアジやエボダイなんだけど、この村には人魚が住んでるって言い伝えられてて、その海から獲《と》れたものだから、全部人魚の加護がある、ってことでね。

知ってるかしら？　人魚の肉っていうと、食べると不老不死になるって言ってね。いろんなところで聞く言い伝えだけど、うちは本当。

昔、住んでた漁師のひとがね、奥さんに先立たれて、ひとりで寂しく暮らしてたところ、ある日浜辺を歩いていたら、女のひとが打ち上げられてたんですって。で、助け起こして見てみたら、腰から下がね、大きな鮒《ふな》みたいな魚の尻尾の形をしてたの。

とりあえず漁師が助けて、ひとりで寂しいもんだからね、家に連れ帰って、看病してたらしいのよ。奥さんにでも似てたのかしらね。

でも、変な話、海で亡くなったひとって岸に流れ着くまでに岩や何かにぶつかって身体がボロボロになるでしょう。それと同じで人魚も傷だらけだったから、治るまですごく時間がかかったのね。

漁師も朝は漁に出て夜帰って人魚を看病してたんだけど、村のひとに見つかっちゃってね。でも、みんな気立てのいいひとばっかりだから薬や食べ物を持ってきて、みんなで面倒見てあげたんですって。昔からいいひとばっかりの土地柄なのよね。

でも、ある夜とうとう人魚が私はもう駄目だって言い出してね。村のひとに感謝してるから、最後に私が死んだら私の肉を食べてくれって。そうしたら、みんな不老不死になれるからって。

そう言い残して亡くなって、みんなでその肉を食べたっていうのよ。

最初に人魚を拾った漁師だけは人魚を食べずに、次の夜明けに舟で海に出てずっと戻らなかったってね。ええ、御伽噺《おとぎばなし》よ。

でも、この村に住んでるとわかるんだけど、人魚の加護ってものはあるみたいよ。

この辺りは車の通りが多いから、私も子どもの頃に一度若い子がすごいスピード出した車に撥《は》ねられかけたときがあったんだけど、虫の知らせって言うのかしらね、咄嗟《とっさ》に、あっ危ないって思って避《よ》けて何の怪我もせずに済んだのよ。

それにね、歳を取るとみんなそういうのに縋《すが》りたくなるのかしらね。

ここのお爺《じい》さんお婆さんはみんなそれなりの年になると人魚の夢を見るっていうの。

不老不死なんかはもちろんないけど、本人たちはそれを信じててね。夢を見たらもう安心だ。お迎えなんか来ない。人魚が遠ざけてくれるからって。

死ぬ最期のときまでそう言って、みんな幸せそうな顔して亡くなるのよ。

ご老人だけじゃなく若い子でもね。この村で亡くなるひとはみんなそう。私もそのうち見えるのかしらね。

本当に、どんな酷い死に方をしたひとも、幸せそうに笑って亡くなるのよ、この村では。

一

わざとらしいほど綺麗な海だった。

波のひとつひとつが、絶え間なく降り注ぐ陽光を受けてアルミホイルのような光沢を放っていた。

海岸と垂直に通った道路は、両脇に木造の小さな土産物屋や炭焼き屋がひしめき、真冬だというのに海水浴シーズンのような活気がある。

分厚いウェットスーツを纏《まと》ったサーファーが濡《ぬ》れた布地を光らせてゆっくりと歩く様

は二足歩行のイルカのようだと思った。

俺が聞いたこともない名前のコンビニエンスストアの前で煙草をふかしていると、宮木が〝アイドリング禁止〟の立て看板の上でそよぐ旗を指した。

「見てください、『今年度版隠れた名村ランキング第四位。九六年から毎年トップテン入り記録更新中』だそうですよ」

ここの店員が色鉛筆で苦心して描いたものを印刷したのであろう旗が潮風にのたうつ。

「いいですね。正直私たちの行くところって見るからに何かありそうな暗いところか、それすらもないところばかりですから。久しぶりに観光地らしいところに来られました」

「税金で旅行か」

俺は吸殻を赤いブリキのスタンド式灰皿に投げ込んだ。

「こんなに素敵な場所です、だなんて自分で必死に発信する場所にはろくなもんがないぞ。第一ろくな場所なら俺たちが呼ばれない」

「ここに来るまでずっと不機嫌そうでしたね、片岸さん」

宮木が肩を竦《すく》める。

「お義兄《にい》さんからの依頼だって仕事は仕事じゃないですか。それに今回はだいぶ条件がいい方ですよ」

「いいもんかよ……」

妖怪《ようかい》や幽霊より生きているものの方が怖いというのは怪談の定番だが、俺は確かに怪異より義理の兄の六原《ろくはら》の方が苦手だった。

初めて会ったときから、青白くて生気がない顔や、どこか遠くを見ているような癖に俺の一挙手一投足を見逃さない眼がどうにも不気味だった。

家に招かれたとき、義兄が冷蔵庫を開けるのを見て、中に真空パックに圧縮したひとの手首や内臓が入っているのを想像したことがある。

最悪なのが六原は直属ではないにしても、俺の上司でもあるということだった。

職場が同じである以上、繁忙期も断る理由がないほど暇なときも把握されている。そして、今回のように正式に調査するには証拠が足りない案件を探るよう投げかけてくるのだ。一番怖いのは人間だという、普段は嫌いな言説にも頷《うなず》きたくなる。お祓《はら》いで六原との縁は切れないし、神通力で人事部と戸籍謄本は動かない。

「だいたい今までは領怪神犯の素性を探るわかりやすいもんだったが、今回は何もないことを確かめろってやつだぞ。悪魔の証明だ。ないことを証明するのは何より難しい」

ぼやく俺の横を若い男女ふたり組が通り過ぎ、宮木がにやりと口角を上げた。

「もしかして、片岸さんが不機嫌なのってカップルが多いからだったりします？」

「それ、何の関係があるんだよ」

「前の奥さんとこういうところに来たのを思い出すとか」

俺は一瞬、喉《のど》の奥を塞《ふさ》がれたような気持ちになった。宮木に悪意がある訳じゃない。

寧ろ、暗い空気を払うために茶化してくれたのだろう。　俺の事情など彼女が知るはずがない。そう言い聞かせて、俺は声を繕った。

「ろくでもないこと言うと置いていくぞ」

「あっ、待ってくださいよ」

小走りに駆け寄る宮木に構わず、俺は土産物屋通りを海に向かって歩き出した。

店頭に網を出して練炭で干物を燻《いぶ》す男が団扇《うちわ》で煙をこちらに流し、観光地限定の入浴剤やフェイスパックを売る女が試供品を押し付けてきた。

薬局の色あせたベンチで老人が大の字になって昼寝をしている。唇の端から垂れるよだれが光の糸を引いて、幸せそうな口元を縁取った。

「本当にのどかで活気のある観光地ですね」

振り返った宮木の頭上で、桃色の鱗の人魚の看板が風に揺れていた。

「だといいな」

どこもかしこも人魚だらけだ。フェルトで作ったマスコットキャラクターや日本の漁村に似合わないアメリカ風のモーテルのネオンまで人魚を象《かたど》っている。

宮木が足を止めて、売店のアイスケースを覗《のぞ》き込んだ。

「見てください、アイスまで人魚ですよ」

霜が降りたケースの中で、白く凍りついたアイスキャンディに魚の尾ビレと女の長い髪の輪郭が見て取れた。

「冬にアイス？　女の子は身体を冷やしちゃ駄目よ。売ってってなんだけど」

よく響く声がして顔を上げると、エプロンの紐《ひも》を結びながら中年の女が現れた。

宮木は愛想笑いを返す。女は一目で観光客ではないとわかる俺たちのスーツを見て、一瞬恵比須顔《えびすがお》に怪訝《けげん》な影を浮かべた。

「お仕事でいらしたの？」

「はい、観光関連の取材で伺ってます。今日は役所での軽い顔合わせだったんですが、つい足を延ばしちゃいました」

女はわかりやすく安堵《あんど》の表情に変わり、店頭の商品を整え始めた。

こういった出まかせの才能は俺にはない。俺は曖昧《あいまい》に会釈だけ返した。

「ここは本当に人魚がモチーフのものが多いんですね」

宮木は初めて知って感心した風を装って言う。

「そうでしょう、もう聞いたかしら？　うちの人魚伝説」

「浜に人魚が打ち上げられていて、助けた漁師と一緒に村の皆さんが看病したお礼に、人魚が不老不死になる自分の肉を分け与えた……でしたっけ？」

もちろん役所になど行ってはいない。全て六原が俺に押しつけた資料にあった記載だ。

手書きのはずなのにフリーフォントのように狂いのない字がまた不気味だった。

「そうなのよ、うちは長いこと助け合いの精神でやってるから、困ってるひとや何か悪いことがあったらみんなで手伝うのよね。田舎にしては珍しく旅行に来た若いひとがそのまま居つくこともあるけど、やっぱりそういう温かみがいいのかしらね」

女はレジ台の前に並ぶ人魚を模したマトリョーシカ三つを背の順に並べながら言った。来てまだわずかな時間しか経っていないが、それでもわかる。この村の人間は謙遜《けんそん》というものを知らない。

他人を煽《おだ》てるにしてもやらないような褒め方を、自分の村に対してする。

その奇妙な連帯感と相まって、人魚が監視同盟や秘密結社のエンブレムのように見えてきた。

「郷土愛が強いというか、村に誇りを持っていらっしゃるんですね」

口を挟んだ俺の脇腹を宮木が小突く。これでも上手《うま》く言い換えたつもりだった。

「そりゃあもう！」

女は気を悪くするどころか満面の笑みを浮かべた。

「何たって隠れた名村ランキング毎年トップテン入りですからね。全国でこんなに村がある中で、しかもうちの県ではここだけだからねえ」

腹の底から響く女の大声に、向かいの店から流れる競馬放送のラジオが絡む。俺がそちらの方に集中しようと意識を飛ばすとまた宮木に肘《ひじ》で突《つつ》かれた。

日差しが光の剣を伸ばしたように店内に差し込んだ。

女は目を細める。

「もう聞いた？　こうやって海がすごい光り方をするのを『人魚が寝返りを打った』って言うのよ」

横目で見ると、ちょうど店と店の間から覗いた太陽が燦然《さんぜん》と輝き、舗装された坂道とその先に続く青い海の水平線を照らしていた。

「ここは日当たりがいいから住んでるひとも明るくなるんでしょうね。隣の村は別の国みたいに崖《がけ》があって山とも接してて暗いからあそこのひとは……」

女が急にわざとらしく口に手を当てて押し黙った。視線の先を追うと、細い人影が白線が掠《かす》れた横断歩道を渡っていた。異様なほど明るいこの村の人間と雰囲気が違うのが一目でわかる女だ。縮れた毛糸のような髪を垂らし、裾《すそ》長のダウンジャケットから生脚が突き出している。

土産物屋の女は沈黙したまま、好奇と嫌悪の入り混じった視線で彼女が渡り終えるのを見送った。宮木が追いかけるかと問うような視線を送り、俺は首を横に振る。余所者が消えるのを見届けてから、店の女は笑顔に戻った。

「まあ、せっかくだからゆっくり見ていってくださいな。取材って旅行雑誌でしたっけ？　いい記事頼んだわよ、記者さん」

女は店の奥の鍋《なべ》から小さな紙コップふたつに甘酒を注いで俺と宮木に押しつけた。

「道路を渡ってた女性、隣の村のひとですかね」

湯気の立つコップを手に宮木は土産物屋をなぞるように進む。

「そうかもしれねえな」

一見屈託がなさすぎるこの漁村にも唯一暗い影があることは聞いていた。隣の村との確執だ。

観光客を盗《と》られた、栄えている方は公共事業の面で優遇されているのにもう片方は廃れ放題だと不平が上がった。よくある話ばかりではある。

「まあ、確かにこっちはこの賑《にぎ》やかさですし、それに比べて来る前に通った村は閑散としてましたし、妬《ねた》み嫉《そね》みで片付けられる話という気もしますが……」

俺は宮木に敢《あ》えて知らせていないことを思い出す。

そもそも義兄が俺にこの話を持ち込んだのは、ひとつの投書が発端だ。

差出人は匿名だが、消印はこの漁村の隣村のものだった。ところどころ支離滅裂な文章の中で、人魚の看板のある村はマズいことになっているかもしれないというような一文が目を引いた。栄えている隣村を貶《おとし》めるためなら、週刊誌なりいくらでもやり方はある。妬ましくて仕方ない相手が気づいていない病を、わざわざ医者に見せてやるような真似をするだろうか。

「というか、これ甘酒ですよね。何か魚っぽい匂いがしません？」

宮木は湯気に顔を近づけて鼻をひくつかせた。

「干物も一緒に売ってたからじゃねえか」

紙コップを持ち上げかけた腕が何者かにぶつかった。

「失礼……」

目の前にダウンジャケットの女がいた。後ろ姿から想像したより若い。若いというより、くたびれてはいるが未熟な学生のような幼さだった。青白い顔に黒子《ほくろ》がいくつも散っていた。はだけたダウンの胸に浮く洗濯板に似た骨が痛々しい。短いスリップドレスにサンダル履きの脚は生傷だらけだった。女の肩越しに、向かいの定食屋で夫婦が囁《ささや》き合う声が聞こえる。

「あれ、また来てるわ」

「向こうにはモーテルがないからってわざわざ……」

女は死人のような無表情で俺を見ると、機械的に片手を振り上げた。女の指先に当たった紙コップが俺の手から落ち、アスファルトに生温《なまぬる》い液体がぱしゃりと広がった。

「あの、ちょっと」

俺の前に進み出て、何か言いかけた宮木の肩を女が押した。非難する間もなく、俺たちの真横を豪速でトラックが駆け抜け、風圧が押し寄せる。排ガスだけが残る道路に紙コップだったものが貼りついていた。もう少し道路側に立っていたらタイヤの跡を全身に映して地面に貼りついていたのは、俺か宮木かだっただろう。

遅れて住民たちが安否を尋ねる声が響き出した。女は無言で首を横に振ると、ジャケットのポケットに手を突っ込んで去っていった。

「何だったんだよ……」

呟《つぶや》く俺の隣で宮木はまだ地面を見つめていた。

「片岸さん、飲まなくて正解だったかもしれませんよ」

半笑いで強張《こわば》った宮木の顔から足元に視線を移す。

アスファルトの表面に広がる甘酒が何故か煌《きら》めいていた。ただ日差しのせいかと思ったが違う。

麹《こうじ》に混じる虹色《にじいろ》の粒は、混入するはずのない、魚の鱗《うろこ》だった。

二

砂浜に降りてみると、海は一層輝きを増して目を焼かれるようだった。

「すごい顔してますよ、片岸さん」

宮木はパンプスを脱いで逆さにし、靴の中に入った砂を吐き出させていた。

「眩《まぶ》しいの苦手なんだよ」

「確かにすごい日差しですね。目が目玉焼きになりそう。じゅって音がしますよ」

「してたまるか。公務員は労災の申請が面倒なんだぞ」

俺は海に視線を戻した。

「宮木、あの甘酒どうした？」

「あれ、鱗が入ってたよな」

「さすがに捨てましたよ」

「まぁ、干物とかも売ってる店でしたし、加工するときに混入するんですかね……」

この村ではこういった光景を、砂浜の白を肌に、波の煌めきを魚鱗《ぎょりん》に見立てて、人魚の腹とか何とか呼ぶらしい。アスファルトの凹凸に広がった甘酒の中のぎらつく鱗を思い出し、不気味さに溶けかけた麴の白く歪《ゆが》んだ形が想像の中で蛆《うじ》に変わっていくようで、思わずかぶりを振った。

「お義父《とう》さん、あんまりそっち行っちゃあ駄目ですよぉ」

寄せる波が砕ける音に女の声が重なった。

黒い日傘をさした初老の女が波打ち際をなぞって緩慢に歩く様に、一瞬今が真夏かのような錯覚を覚えた。女が眩しそうに眉《まゆ》を下げて笑い、俺たちに会釈する。どこまでも明るく無遠慮なほど人懐っこいこの村の人間だ。

女の視線の先に老人がいた。白髪と髭《ひげ》を伸ばし放題にした老人は、波打ち際の飛沫《しぶき》がかかりそうなところで立ち尽くしていた。布靴を水が浸食して、茶色い布地が黒に近い色になっていく。老人はそれを見下ろしながら少しだけ膝《ひざ》を動かし、前に出るような動作をした。踏み出しかけたというより、将棋の駒のように全身をまるごとひとマス進めるのを躊躇《ためら》ったような不気味な動きだった。

老人は脚を海水で濡《ぬ》らしながらその動作を繰り返す。録画した映像をリモコンで一秒前に巻き戻したのに似ていた。俺が目を奪われていると、老人の日焼けの跡のシミと皺《しわ》が歪んで恍惚《こうこつ》の笑みを作った。ひび割れた唇から唾液《だえき》が滴り、セーターの胸に落ちる。

「お義父さん、冷えちゃうから帰りましょ」

日傘の女がその肘を摑《つか》まえる。老人は微笑んだまま女を振り返って頷《うなず》いた。女は老人の手を取って歩き、俺たちの方に向かってくる。俺と宮木は動かずにだんだんと近くなるふたりを見つめた。すれ違うとき、女が老人に囁いた。

「また人魚さんの夢を見ていたんですか」

俺は視線で宮木に「聞いたか」と問う。宮木は曖昧《あいまい》に頷いた。上空をカモメが飛んでいる。悲鳴のような鳴き声に顔を上げると、浜辺へと続く階段の上にダウンジャケットを羽織った女が立っていた。縮れた髪を風になびかせて女は俺を凝視していた。

女に先導されながら海岸通りを進むと、住民の視線が背中に突き刺さる。土産物屋のカウンターやスタンド式灰皿の横のベンチから、姿を覗《のぞ》かせる村人は皆、顔面を圧縮したような笑みを浮かべたまま、細い目の奥で俺たちを追っていた。

「先ほどは……」

俺は何を言えばいいかわからなくなる。

「お礼なら言わないで、聞かれるから」

女の声は酒で焼けたように掠れていた。

「ええっと、我々に何かお話ししたいことがあるとか？」

愛想笑いを浮かべた宮木を横目で見て、女はポケットに手を突っ込む。

「ここじゃ話せない」

「じゃあ、カフェとか。お嫌でなければご自宅でも構いませんが」

女が足を止めた。ジャケットのフードについたフェイクファーが揺れる肩の先に、寂れたモーテルがあった。

モーテルというより、アパートを一階だけ残して後は切り払ったような平坦《へいたん》な建物だ。

「客ってことにしといて。それが一番マシだから」

俺は宮木を見る。

「大丈夫です、片岸さん。お仕事ですよ。しっかり聞いてきてください」

宮木は無責任に親指を立ててから、「あっ」と付け加えた。

「話を聞くだけですよ」

俺は応《こた》える気にもならず、犬のように女の後をついてモーテルへ入った。

受付の眼鏡の老人に睨《ね》めつけられながら、暗い廊下を抜け、女が渡された鍵《かぎ》の番号の部屋を開ける。

貝殻や海星《ひとで》を描いた安っぽい青と白の壁紙の部屋は仄暗《ほのぐら》い。壁に掛けてある絵画はここでもまた、泥のような砂浜に横たわる人魚だ。油絵のねっとりとした筆で刻み込まれた臍《へそ》の窪《くぼ》みや鎖骨の輪郭から、どことなく淫靡《いんび》な印象を受けた。女はベッドに腰を下ろし、須崎《すさき》と名乗り、隣の村に住むフリーターだと言った。

俺はひとまず机の下に押し込まれた椅子を引き出し、距離を開けて座る。

「東京のひとでしょ。何となくわかる。観光業界の人間じゃないのも」

須崎は卓上の灰皿を取って布団の上に載せ、煙草に火をつけた。

「手紙を、見てきたひと？」

俺は考えを巡らせた。この村がおかしいとして、この女も仲間ではないと言い切れるだろうか。沈黙の間、須崎は生傷だらけの脚をぶらつかせていた。思考がまとまりきらず、俺は結局首肯を返す。

「手紙は、須崎さんが？」

「そう、あたしが出した。じゃあ、この村がヤバいって聞いてきたんだ」

「まあ、聞いただけで……」

「もうわかったでしょ」

俺は頭を掻《か》く。須崎は小馬鹿にしたように笑った。

「村がおかしいのと人魚伝説との関係はありますか」

須崎は唇にフィルターを押し当てて煙を吐いた。

「敬語とかいいよ。そう。何ていうかな。この村がクソだったのはずっと前からだけど、ヤバくなったのは人魚のことがあってから」

「ずっと前からクソだったっていうのは？」

「クソだと思わなかった？　自分の村がこんなに立派で住んでるひともよくてなんて、まともなら言わないでしょ」

俺は答えなかったが、否定しないのが何よりの答えだと思ったらしい。

「人魚伝説は知ってるんだよね。おかしいと思ったところなかった」

彼女は布団に灰が散るのも構わず、灰皿の隅で煙草の先を叩《たた》く。

「細かいところだが……」

「うん」

「出だしがまずおかしいと思った。この村の人間は困ってる奴がいたらみんなで協力して助けるんだよな。なら、何で漁師は誰にも頼らず、医者にすら見せずに、ひとりで人魚を看病し続けた。漁師が特別変わり者だったってならそれで終わりだが……」

「合ってるよ」

須崎は脚を組んだ。

「漁師は変わり者だった。村の奴らがクソだったってわかってたとこが。奴らに教えたらろくでもないことになるって思ったからひとりで面倒見てたの。結局見つかっちゃったけど」

煙の匂いに煙草が吸いたいと思った。俺は指で唇を擦《こす》って話の続きを待った。

「人魚の肉を食べると不老不死になるって知ってる？」

「八百比丘尼《はっぴゃくびくに》伝説だな」

「知らないけど。そういうのあるんだ。そう。だから、ここの連中は人魚を見つけた後、殺して食べたの」

俺は油絵の中の人魚を見やる。虚《うつ》ろな微笑みは浜辺で見た老人と似ていた。

「それをよくもあんな話にしたよね。本当にこの村の奴らは恥知らずだし嘘つきの極悪人ばっかり。そもそも人魚伝説だって最初はうちの村にあったんだよ」

「じゃあ、話の最後の漁師が自分の意思で海に舟で漕《こ》ぎ出したってのも違うよな」

女はにんまりと笑う。恍惚とは違う、憑《つ》かれたような病的な笑みだ。

「おそらく人魚より先に漁師が殺されたんだろ。人魚を出せと言われて抵抗したから邪魔になって殺した。その後、村人は人魚を殺して食ってから、明け方、漁師の死体を処分した。違うか？」

「ちょっと違う」

食い気味に否定され、俺は肩を竦《すく》めた。

「殺されかけたのは本当だけど、漁師は何とか生きてたんだ。壊された舟と一緒に海に捨てられてから、木の板をビート板代わりにして隣の村まで泳いで、逃げ延びたんだよ」

「何でそう言える？」

須崎は幼い仕草で首を傾げてから、事もなげに言った。

「だって、その漁師が私のお祖父《じい》ちゃんだから」

俺は打ち上げられた魚のように口を開閉させていたと思う。椅子から立ち上がりかけてから、思い直してまた座った。間の抜けた俺の様子に、須崎は声を上げて笑った。

「お祖父ちゃんはうちの村に流れ着いて、世話してくれたお祖母《ばあ》ちゃんと再婚したんだ。うちの村とこっちは仲悪いから、いろいろ苦労したみたい。お祖父ちゃんの代からうちはずっと貧乏。あたしも学校とかあんまりいけなくて、こんなんなっちゃった」

幼く危うげに見えるこの女の祖父が本当にかの漁師だとしたら、この村の伝承は全て嘘ということになる。その場合、食われた人魚が村人に祝福など贈るはずがない。

「こっちの村とは絶対に関わるなって家族みんな言ってたんだけど、お祖父ちゃんが死ぬ前にこの話聞いて気になっちゃったの。それに、何ていうか、あたし昔から変なもの寄せやすいんだ。だから来てみたら何かわかるかなって」

須崎は生傷だらけの脚でスリッパを弄《もてあそ》ぶ。仕事柄《しら》、何度か会った霊能者の中には、こんな傷がある奴もいた。見えないものが何かを報せる手段だとか聞いたことがある。

「それで、何がわかった？」

「ああ本当にクソだなって確かめたんだけど、それよりもっとヤバいってわかって——」

窓の向こうから緩んだファンベルトとタイヤが擦れる耳障りな音が聞こえ、爆発に似た衝撃音が響いた。煤《すす》けたレースのカーテンを払って外を見ると、軽自動車が傾いだ電柱に突っ込んでブルドッグのようにひしゃげていた。少し離れたところでは横転したバイクが煙を上げている。外に置いてきた宮木の姿を探したが見えなかった。

「行くなら行って」

短くなった煙草を持った須崎は窓の方を見ようとすらしない。

「私はまだいる。お互い時間差で出た方がいいから」

「ご協力どうも」

俺は財布から抜き出した部屋代を机に放って、部屋から飛び出した。


外は既に野次馬が集まっていて、救急車のサイレンが聞こえていた。人集《ひとだか》りの外側で腕を組んで様子を見ていた宮木が俺に気づく。

「終わりました？」

「まあな。事故か？」

「ええ、両方村人どうしみたいです。車に乗ってた方は軽傷みたいですが、バイクの子が……」

自動車の前で運転手らしき男が血の滲《にじ》んだタオルで額を押さえている。男の足元からは黒い擦過痕《こん》がアスファルトに弧を描き、壁に叩きつけられたバイクまで延びていた。

「救急車が来たぞ、道開けてくれ！」

野次馬のひとりが叫び、村人たちが両脇に避《よ》ける。俺はよく考えもせず、空いた空間に滑り込むように事故現場に近づいてしまった。ひとの波を掻き分けると、まだ空回りを続けるバイクの後輪が見えてくる。村人たちの囁《ささや》きも徐々にはっきりと聞こえ出した。

「でも、よかった」

「何が？」

「ほら、見てよ。この子……」

「あ、本当だ」

ライダースジャケットの大学生らしき青年が倒れていた。赤黒い血がじくじくと嚙《か》みつくように路面に延びていく。村人の楽観的な声から想像したよりずっと重傷だ。頭から絶え間なく血が流れ、顔半面が真紅に染まっている。俺が青年の顔が見えるまで近づいた瞬間、村人の声が聞こえ、後悔したときにはもう遅かった。

「ちゃんと人魚様の夢を見ているね」

青年は頭を割られて夥《おびただ》しい血を流しながら、赤くなった顔で浜辺の老人と同じ壮絶な笑みを浮かべていた。

三

救急車のサイレンが遠ざかっていく。

野次馬たちは通りを舐《な》め尽くすような赤いライトを目で追いながら、搬送される大学生を見送った。村人たちの顔には被害者への同情や加害者への嫌悪どころか、好奇の色すらない。事故現場に似つかわしくない安堵《あんど》の表情がそこにあった。俺は笑みを浮かべて微動だにしない村人を搔き分け、人混みの抜け穴を探す。対岸が見えないまま黒い海を泳いでいるような気分だ。肩と肩の隙間を抜けたとき、目の前に立っていた女の背にぶつかった。

「あぁ、すみません……」

五十半ばの女は振り返って軽く会釈する。目尻《めじり》と口元のしわが更に顔の中心に寄った。

「大変なことになってしまってね。でも、よかったわ。ちゃんとあの子笑っていたから……」

俺は謝るのも忘れて女の虚ろな笑顔を見下ろした。口の中が乾燥して上手《うま》く言葉が出ない。

「あの子はいい子ですから、ちゃんと人魚様が夢を見せてくれたのね。もう万一のときでも安心ですねえ」

「あの、バイクに乗っていた彼とお知り合いですか」

女は一瞬きょとんとした表情で俺を見ると、何故か照れくさそうに顎《あご》のあたりを手の甲で拭《ぬぐ》って再び微笑んだ。

「知り合いというか、息子ね。私、あの子の母です」

女の靴の布地をアスファルトに延びた血が這《は》い上がり、白いスニーカーを赤茶けた色に染めていく。息子の血を染み込ませた足で直立しながら、女は笑顔を崩さなかった。

後退《あとずさ》りしかけた俺の肩を冷たい手が摑《つか》んだ。

「片岸さん」

振り返ると、強張《こわば》った顔の宮木がいた。

「ここ、もしかして、あれじゃないですかね……」

俺は声量を落として囁く。

「ああ、この村、今まで行った村の中でトップクラスにおかしいぞ」

日が傾き始めた海岸通りは、両脇の土産物屋が車道に影を落とし、全体が海の底にあるような藍色《あいいろ》に染まっていった。

俺は村人たちの視線に注意しながら、モーテルで須崎から聞いた話を語る。宮木は何度も頷《うなず》きながら「そんなことかとは思ってましたけどね」と呟《つぶや》いた。

「人魚が殺されて食われたのなら村人たちに不老不死なんていいものを与えるはずがないですよね」

「ああ、俺が人魚だったら死んでも祟《たた》るだろうな」

「でも、人魚の肉が与えるものが祝福ではなく呪いなら、何でここの村人たちは幸せそうに笑って死ぬんでしょうか」

俺は口を噤《つぐ》み、思考を巡らせる。ことの全てが繋《つな》がりそうでいて、決定的なパーツが欠けているようだ。考えがまとまらない。

「それに、人魚の肉を食べたのが彼女の祖父の世代なら食べたひとはもうほぼ残ってませんよね？　でも、さっきの大学生は笑ってましたし。末代まで祟るってやつですか？」

「さあな。幸せそうに笑って見えるだけで本当は違うのかもしれないだろ。当人のことはわかんねえよ。だいたい祝福だろうが呪いだろうが本来の不老不死ではない訳だしな」

宮木は顎に手をやってしばらく考え込むような仕草をしてから、「そういえば」と、指を鳴らした。

「関係あるかはわかりませんが、この村は現代日本では珍しい土葬の風習が残ってるらしいですよ」

「土葬？」

「はい。片岸さんがモーテルに入ってる間、暇なのでお墓参りに来たっていう家族連れと話していたんです。前は他と同じように火葬だったんですが、少しでも長く人魚の夢を見たまま幸せに眠っていられるように、と土葬になったって言っていました」

「そっちもいろいろ聞き込みしてたみたいだな」

「片岸さんだけ働かせるわけにはいきませんから……モーテルでは話を聞いただけですよね？」

「他に何があるんだよ」

宮木が含みのある薄笑いをする。だが、この世の外にあるものを見ているような村人の笑い方よりずっとマシだった。

海の反対側を見回すと、坂の上の方、屋根が連なる向こうに一ヶ所陥没したように低くなっている場所がある。目を凝らすと、小さな石造りの直方体が密集しているのが見えた。墓石だ。

「行くか」

宮木が頷く。潮風が冷たさを増してきた。

「そういえば、知っていますか」

宮木が思い出したように顔を上げた。

「恐怖を覚えたとき本能的に出る笑いもあるそうですよ」

「嫌なこと言うなよ」


海から這い上がって通りを吹き抜ける風は魚の匂いを孕《はら》んで膨らみ、腐乱死体を思わせた。上り坂を進んで汗ばんだ背が冬の空気で冷え始める頃、俺と宮木はブロック塀に囲まれた小さな霊園に辿《たど》り着いた。港の明るさはなく、ミイラのような枯れた木々の枝が重なり合って空に蓋《ふた》をする墓地は他の田舎と大差ない。

墓石はどれも茶色い松の葉や水垢《みずあか》で汚れきっていた。古びたブロック塀の向こうには、ざっくりとえぐられた山肌の中腹に停まるブルドーザーが見える。観光客用にホテルでも造るのだろう。空は藍色と橙色《だいだいいろ》が二層になっていた。

俺たちは墓石の間を縫うように歩き出した。

「さすがに何もないですね、ゾンビ映画みたいに土から腕が突き出す訳でもなし」

宮木が肩を竦《すく》める。腐りかけた花が水差しに絡みつく中、色褪《いろあ》せてはいるがまだしっかりと挿さった花があると思ったら造花だった。連なる四角形の向こうに湾曲した影が見えた。

視線をやると、岩場に座り込む人魚を模した墓石がある。空に吠《ほ》えるように身を反らした女の、波状に広がる長い髪の耳の辺りから尾ヒレが覗《のぞ》いている。

無意識に足をそちらに向けたとき、耳元でガラリという音がした。鼻を衝《つ》く濃い砂《すな》埃《ぼこり》の匂い。振り向いた瞬間、波が砕けるように崩落したブロック塀の破片が灰色の煙を上げて俺に降り注いだ。脳中を死の予感が満たした。——

——「さすがに何もないですね、ゾンビ映画みたいに土から腕が突き出す訳でもなし」

宮木が肩を竦める。腐りかけた花が水差しに絡みつく中、色褪せてはいるがまだしっかりと挿さった花があると思ったら造花だった。連なる四角形の向こうに湾曲した影が見えた。

視線をやると、岩場に座り込む人魚を模した墓石がある。空に吠えるように身を反らした女の、波状に広がる長い髪の耳の辺りから尾ヒレが覗いている。どこかで見たことがあると思った。

無意識に足をそちらに向けたとき、耳元でガラリという音がした。——

——「さすがに何もないですね」

宮木が肩を竦めた。その声と仕草に覚えがある。

「どうかしました？」

俺は足を止めた。墓前の腐りかけた花の中で一輪だけ埃《ほこり》をかぶった造花がある。

「ここ、来るの初めてだよな？」

宮木は怪訝《けげん》な顔をした。

少し視線を巡らせれば、四角い墓石の先にひとつだけ人魚を模した墓石があるはずだ。

宮木の肩越しに石でできた波状の髪と三角の尾ヒレが見えた。俺がなぜこれを知っているのかわからない。宮木は不思議そうに俺を見てから、人魚の墓石の方へ足を運ぼうとした。砂埃《すなぼこり》の匂いがする。

「宮木、行くな！」

無意識に叫んで手を伸ばしたとき、耳元でガラリという音がした。

宙に突き出した手首を、細い指が摑んでいた。

「大丈夫ですか？」

目の前にあるのは侘《わび》しい霊園に寒風が吹きすさぶ、どこの田舎町にもある光景だった。

全身が強張っていた。宮木の手が震えているのかと思ったが、震えているのは俺の手首の方だ。

「今、何が……」

俺は硬くなった首を動かして宮木を見る。黒い瞳《ひとみ》に逆光を浴びる俺が映っていた。

「片岸さん、今、笑ってましたよ」

宮木の声に重なって、背後から薄い鉄を叩《たた》くような高い声がした。

「何だ、奴らとは違ったんだ」

振り向いた瞬間、霊園の最奥のブロック塀が波が砕けるように崩落した。巻き起こった灰色の煙が俺たちの方まで流れる。大きな破片のひとつが人魚を模した墓石に激突し、首から上を撥《は》ね飛ばす。ごろりと転げた人魚の頭部は、松の葉が積もる地面に上向きで落ちた。その顔は笑っていた。

俺と宮木は身動きもできずそれを眺めていた。

「危ないから……もう出よう」

俺の声に宮木が力なく頷いた。

俺と宮木は顔を上げもせず、足早に坂道を下った。

山の影が追い立てるように俺たちの背に伸び、夕陽に染まるアスファルトを黒で塗り替えていく。

「人魚は不老不死を与えなかったんじゃない。祝福じゃなく呪いとして与えたんだ」

俺は自分の爪先《つまさき》を見下ろしながら言う。

「それは老いないとか死なないとか人間がいいように思い描くものじゃない。人魚がもたらした不老不死はたぶん、死ぬ直前の瞬間を永遠に繰り返す悪夢だ」

「何ですか、それ……」

「村人が虫の知らせみたいなものが働くって言ってただろ。たぶん死にそうな目に遭う瞬間、一、二秒だけ映像を巻き戻すようにその直前に戻されるんだ。その間は老いも死にもしない。脱出口に気づけば抜け出せるが、気づかなかったり病気や老衰みたいな逃げようがないものだったりしたら、おそらく永遠に……」

俺は言いながら怖気《おぞけ》が背筋を這《は》い上がるのを感じた。呪いとしての不老不死だ。死の瞬間から永久に解放されず、それに気づかないか、気づいても逃げようもなく精神が摩耗しておかしくなるか。どちらにせよその悪夢は肉体が朽ち果てるまで続くのだろう。

宮木は気遣うように俺を見上げてから目を伏せた。たぶん、俺が見たものも何となく察したが、言わないでくれている。

「その夢を見てる人間は、側から見れば笑顔に見えるってことですか」

「たぶんな」

「もし、身体が朽ちるまでそれが続くなら……」

宮木は顔を上げて、坂の上の霊園を仰ぎ見た。

「土葬なんて本当に地獄じゃないですか……」

山の影が斜面にどろりと伸びる様は、人魚の濡《ぬ》れた長い髪が肌にへばりつくようだった。

駅の近くのコンビニエンスストアまで来ると、駐車場に須崎がいた。

「帰るの？」

彼女はまた幼い仕草で首を傾げた。

「はい、ご協力ありがとうございました……」

宮木が下手な愛想笑いを作る。須崎は笑わない。それが今はひどく救いに思えた。

「須崎さん、あんたのお祖父《じい》さんは」

隠れた名村ランキング入りを喧伝《けんでん》する旗が風に騒ぐ。俺は絞り出すように聞いた。

「笑って死んだか？」

宮木が咎《とが》めるような視線を俺に向けた。須崎は傷だらけの生脚の先でサンダルを弄《もてあそ》んでから首を横に振った。

「ううん、お祖父ちゃん生きてるときもあんまり笑わなかったし。でも、苦しみもしなかったよ。お祖母《ばあ》ちゃんが朝ご飯だって起こしに行ったら眠ったまま死んでたんだ。ちょっと疲れたって感じの顔で」

「そうか」

墓地で聞いた声を思い出す。奴らとは違ったんだと、女の声が言った。

人魚の呪いはこの村にかけられたものだが、須崎の祖父がそうでないように、この村に関わる全員に当てはまるわけではない。俺の臆測《おくそく》だが、人魚が憎んだ村人の性質、私利私欲のために他の存在を食い物にすることをしなければ発動しないのかもしれない。俺の悪夢は宮木を助けようとした瞬間に終わった。

俺たちは須崎と別れ、駅のホームにちょうど来ていた鈍行列車に乗り込んだ。青いシートに崩れ落ちるとどっと疲れが噴き出す。

「六原め、二度とあの野郎の頼みなんか聞くか……」

窓の外の海は夜空の色を映していた。

列車が動き出せば、須崎の住む隣村も通るはずだ。

俺はふと人魚伝説は元々須崎の村のものだと言っていたのを思い出す。なぜ人魚はこの村まで流れ着いたのだろう。

村どうしの軋轢《あつれき》は根深い。もしも、村人の性質をよく知った隣村のものが初めから呪《じゅ》具《ぐ》として送り込んだとしたら。俺は考えを振り払うように目を逸《そ》らす。

隣を見ると、宮木は小さな箱のような機械を鞄《かばん》から取り出していた。

「何だそれ」

「携帯ゲームですよ。自分で村を作れるんです」

見せられた画面の中には、四季もバラバラな花が咲き誇る庭と赤い屋根の家があった。

「可愛いでしょう？　たまに来る野犬や虫は追い払って庭を守るんですけど、もし駄目ならリセットすればいいんです」

「よくゲームでまで村に行く気になるな」

「逆ですよ。こういう仕事の後は虚構に逃げ込みたくなるんです」

宮木はゲーム機を手元に戻して呟《つぶや》いた。

「そういえば、片岸さんが考察してた人魚の呪いってゲームの裏技みたいですよね。駄目だと思ったらリセットして戻るんでしょう」

「そうかもな」

「でも、ゲームでそういうことを繰り返すと、機械に負担がかかってバグが起きてしまうんです。家の壁から木が突き出したり、犬が建物を擦り抜けたり。ちょっと領怪神犯みたいですね」

「嫌な結論を持ってくるなよ」

俺は車窓の外の夜空を眺めた。

「プレイヤーは気楽でも、ゲームの中の奴らはたまったもんじゃねえってことかもな」

ゲームの中の人間と違ってループから逃げる術《すべ》はある。善良たれ。呪いの人魚が求めることは至極真っ当で、まるでまさしく村人を厳しく見守る女神のようだ。

墓地で聞いた人魚らしき何かの声とともに、俺は自分の言葉を思い出していた。宮木に行くなと手を伸ばした。もし、妻が消える前にそう言えていたら、何か違っただろうか。そういえば、久しく呼んでいない彼女の名は、だんだん呼び慣れてきた「宮木」と音も一字違いだった。だから、そんなことも思うのかもしれない。

俺は無意味な空想を打ち切った。そうじゃないから、俺はここにいて、訳のわからない神を追いかけまわす羽目になっている。

列車が動き出す。窓の外を流れていく漁村を見たくなくて、反対側を見ると先ほどの駐車場が見えた。薄暗がりの中で佇《たたず》む須崎の影が、ひとつの卒塔婆《そとば》のように伸びていた。

水底の匣の中の神

RYOU-KAI-SHIN-PAN

There are incomprehensible
gods in this world who cannot be called
good or evil.

序

そっちは危ないぞ。

昨日まで信じられない量の雨が降ったからダムがエラいことになるんだ。そう、これから点検に行くんだよ。

面倒なんだ、大雨が降った次の日は。ダムの下の方まで降りていくんだけどな。本当はエレベーターがあるんだが、昨日みたいな雨の後は使えない。階段で一段ずつ降りてかなきゃならないんだ。別に雨でダムがエラいことになる訳じゃない。流石にそんな柔な造りじゃないさ。村一個沈めて造ったダムがそれじゃあ困る。エラいことになるのはそのエレベーターの方で……ああそうだな。

何にもわかっちゃいない奴は村を潰《つぶ》した祟《たた》りなんて言いたがるが、そんなわかりやすい話なら苦労はしてない。

あそこに沈んだ村は楠《くすのき》に覆われたところでさ、暗いところだったよ。俺は隣の村の人間だが、あっちにはできるだけ近寄らないようにしてた。何たって産業がさ、その楠で棺桶《かんおけ》を作ることだったんだ。日がな一日死人を入れる箱を作ってるんだ。暗くもなるか。

あっちの連中はそう思ってなかったらしいがな。楠ってのはあの村の守り神のご神木らしい。

神社に一本デカい木が立ってるようなのじゃなく、村の周りの楠全部がご神木だと。昔は楠の下に死んだ村人を埋めてて、だから、先祖代々の魂が宿った木で棺桶を作れば神様のところに行けるとか言ってたっけ。

ちょっと待ってくれ。電話だ。

何？　ああ？　あの馬鹿、階段で行けって言ったのに横着しやがって。知らねぇよ。医者なんか呼んでもしょうがねえ。あと三十分したら行くから待ってな。

失礼、何の話だっけ。ああ、そうだ。あの村も結局今じゃ盛大な葬式やるところもないからさ、棺桶作りだけじゃ食っていけないって言って、観光の方に手出し始めたんだ。寄木《よせぎ》細工っていうのかな、あんな大層なもんじゃないけど、土産物屋でその楠で作った仕掛けを解かないと開かない小綺麗《こぎれい》な箱みたいなのを売ってさ。箱作りは専門だからな。大して売れもしないけど、まあ珍しいからそこそこ買う奴もいたらしい。

でも、それから村の奴らが暗いだけならいいけど暗い上におかしくなってさ。

箱の中から声が聞こえる、っていうんだ。それが、みんな死んだお袋とか子どもとか古い友だちの声なんだって。いかれてるだろ。村に住んでた奴でひとり知り合いがいて、

そいつの妹、病気で十二くらいのときに死んじまったんだけど、仕事も行かずにずっと箱弄《いじ》ってんだ。中から妹の声がするってさ。妹に買ってやったバドミントンのラケット

を探してるんだって。箱から出して一緒に探してやらないとってさ。気持ち悪いから放っておいたら、そいつ、楠で首くくって死んじまった。縄を使ったんじゃない。幹の上にデカい穴みたいなのがあって、そこに首突っ込んでぶら下がってたんだ。

そういうことが何回もあってさ。ただの噂だけど、それから黒い喪服を着た四メートルくらいのデカい人間を見たって奴らまで出始めて。その高さっていうのが村のちょうど楠の高さなんだよ。

それから、ダムの建設の話が出てさ。若いのが気味悪がってみんな出て行った村だから反対する奴もいない。市だか県だかから金もらってとっとと村沈めて終わりだよ。それで、終わればよかったんだけどな。また着信だ。悪いな。さすがにもうそろそろ行くよ。

本当に祟りとかとはまた違うんだ。祟りならまだいい方だったかもな。

とにかくダムに来ることはないと思うけど、行くならエレベーターは使うなよ。でも、まあエレベーターなんて使わなくてもな、雨が降るとダムの水嵩《みずかさ》が増すだろう。そうすると、上がってくるんだよ。奴が。でも、使わないで済むなら使わない方がいい。

何だって、あの村でできた箱は本当はどういう用途だって全部死人を送るもんになっちまうんだ。知らないけどな。

一

最悪なことは重なりがちだというのは今更何の新しさもないことだが、ここまで来ると何かの陰謀に思えてくる。

使うはずだった飛行機が強風の影響で欠航になり、日程が狂った。そのせいで、宮木が前の部署の引き継ぎでどうにも動けなくなる日と重なった。俺はひとりでもいいと言ったが、行く予定の村でよくないことが起こり、万が一のためにとふたり組で行く羽目になった。この人選が何より最悪だった。

事務室でごねる俺を宮木が薄笑いで宥《なだ》めているとき、駐車場に一台の車が音もなく滑り込むのが見えた。車種にも、フロントガラスに反射する運転席の影にも見覚えがある。

「あの車から降りて来る奴が来たら、俺は死んだって言っておいてくれ」

宮木にそう言って部屋を出ようとしたときには、既にノックの音がしていた。

宮木は正直にドアを開けると、扉の向こうの相手に会釈する。

「片岸は今少々……」

「また死んだか」

掠《かす》れた陰鬱《いんうつ》な声が聞こえた。

「死にましたね」

宮木が応《こた》えると、声の主が小さく笑う。

「義弟《おとうと》に香典をやりに来たんだが」

レンタカーのハンドルに身を預けながら、俺は助手席の方を見る。

これから義兄の——、六原の陰鬱で病的に青白い横顔を見ながら仕事をするのかと思うと気が滅入《めい》った。最悪だ。

「気が乗らなそうだな」

「この前あんたの頼みで行った村がどんなところだったか話しただろうが」

六原は眼と泣き黒子《ぼくろ》を同時に歪《ゆが》めた。

「今回はまだマシだ。何せ問題の村はもう水の底だからな」

「何言ってんだ。沈んでるんじゃ余計悪いじゃねえかよ」

窓に落ちた水滴が潰れた花のような形を作る。

「俺たちが領怪神犯の破壊をしない理由は壊せないからだけじゃねえ。その後で万一問題が出たとき、もう永遠に取り返しがつかなくなるからだろ」

「人間関係と一緒だな」

六原のろくでもない締めくくりは聞かなかったことにした。フロントガラスに落ちる雨粒をワイパーで拭《ぬぐ》い去ると、灰色の空との間も曖昧《あいまい》な、巨大なダムの外壁が広がった。

車を停めて降りると、すぐに巨大な獣の唸《うな》り声のような水音が聞こえた。一昨日《おととい》から始まり今もぽつぽつと降り注ぐ雨が湖の水嵩を増し、放水の量も普段の数倍になっているのだろう。濡《ぬ》れて濃い緑になった木々に埋もれる刑務所に似たダムの壁は、水の跡が爪で引っ掻《か》いたように白く残っていた。

守衛らしい男がビニールのレインコートを風にはためかせながら、赤い警棒片手にこちらへ駆け寄ってきた。

「東京から遥々《はるばる》ご足労いただいて……いや、こうして急を要する前にお呼びすればよかったんですが、何分特殊な話ですから」

忙《せわ》しなく話し始めた守衛は一旦《いったん》言葉を区切り、「まずはこちらへ」と警棒を揺らして駐車場の先の建物を指した。俺と六原は車のように誘導された。

ダム管理所の中は外の暗さと寒さに対抗するように蛍光灯の光と暖房の熱が満ちていて、どこか居心地が悪い。守衛に促されて入った部屋はデスクとパソコンが規則的に並び、壁一面を使った緑色のグラフと何かの数値が並ぶモニターが点滅していた。液晶の弱い光に顔を照らされて所在なさげに座っていた職員が俺を見留める。俺と六原は彼の前の椅子に腰を下ろした。

「一応、彼が目撃者なので」

守衛がコーヒーの入ったマグカップを並べながら言う。

「目撃者というと、何の？」

職員の男は組んだ指を動かしながら目を伏せた。ワイシャツに羽織った紺の作業着の肩が濡れていた。

「ここ最近雨が続いて……昨日の夜、ダムで異音を感知したって言うんで、自分と上司が原因を調べてたんです。普通、危ないから現場を見に行ったりしないのに、上司が見に行くって言って、止めたんですけど……しかも、雨のときは使っちゃいけないってみんな知ってるのに、エレベーター使ったんですよ」

「エレベーターを使えないのは、故障か何かですか？」

口を挟んだ六原に男は首を横に振った。

「そういうんじゃないんですが、とにかくマズいんで……で、三十分待っても一時間待っても戻って来なくって。ダムに落ちたりしてないよなと思って。自分までどうにかなったらどうしようもないから、別のひとに電話入れてから見に行ったんですけど。探しに行ったらダムに落ちてるどころか、まだエレベーターの中にいたんですよ。腰抜かして青い顔して座ってて」

男はやっと顔を上げた。

「自分が話しかけても、受け答えがおかしいんですよ。夕飯はこっちで食わないで帰るからとか、帰りに買うものあるかとか。しっかりしてくれって肩揺らしたら、やっと自分の方見て『死んだ嫁さんの声がした』って」

俺を見た六原と目が合う。上司に精神疾患や薬物の使用歴があったかとは聞かないでおく。

「馬鹿みたいな話ですけど。でも、自分は見たんです。腰抜かしてる上司を箱から引きずり出したとき、真っ暗な中でエレベーターの窓にダムのライトが反射してるんだと思ったら……上のひとに聞いたら『そういうもんだから』みたいな感じで言われて……」

「見たというのは？」

職員は答える代わりに身を半分捩《ひね》って片手でキーボードを操作した。モニターが緑のグラフから定点カメラで映したダムの光景に変わる。爪痕《つめあと》に似た水の痕跡《こんせき》が、ひどく汚れて暗い印象を与えるダムだ。濁った土色の水と壁の奥に並ぶ木々も、鬱蒼《うっそう》とした森と地面を見ているような気分になる。観光地として人気の出るダムもあると聞いたことがあるが、機械的な冷たさと底知れない自然の悍《おぞ》ましさを混ぜたようなこの場所では望みは薄そうだ。

膨大な水が固まって落ちて砕ける映像を延々と見つめていると、カメラの故障か、ある一点が大きな黒い影になっているのがわかった。その周囲はサーチライトで照らされて薄く明るくなっている。俺は目を凝らす。それの正体がはっきりと見えてきたが、頭が受け入れなかった。

絶え間なく落ちる水が飛沫《しぶき》を上げる水面から、人間が突き出ていた。外壁の高さを考えると、身長が四メートルはなければこうは映らない。何より生身の人間があの水圧に耐えて呆然《ぼうぜん》と佇《たたず》むのは不可能だ。

「ライト、じゃないな。目か」

六原は顎《あご》に手をやってモニターを覗《のぞ》き込んだ。サーチライトに見えた光は全身黒く影のように輪郭がぼやけた人型の頭部から発されていた。楕円形《だえんけい》の金色の眼光がふたつ浮かんでいるように見えなくもない。

「あれはずっとあのままで危害を加えてくる訳ではないんですか？」

「はい、他のひとがいうには今までも雨になると度々出てきたそうです」

職員は立ち上がって一緒にモニターを見た。

「〝あれ〟とエレベーターに乗るというのは何か関係が？」

聞きながら、六原はマグカップの縁に唇をつける。よく得体の知れないものとモニター越しに目を合わせながらコーヒーが飲めると思う。

「たぶん……あるとは思うんですけど、いまいちよく……自分は入ったばっかりなんで、上司ならもっと知ってたと思うんですが」

六原が俺を見た。

「行ってみるか？　エレベーターで」

「止めない。俺は行かないけどな」

俺はもう一度モニターを見る。黒く長い人物は微動だにしない。薄曇りの空と水面に滲《にじ》み出すような金の眼光からは悪意を感じず、むしろどこか寂しげな印象さえ受けた。

あちらから何も仕掛けて来ない以上、こちらもできることが少ない。いつものことだ。善悪で割り切れるような魔物なら苦労はない。意図すらもわからないどころか、存在しているだけで何かをもたらすのがこいつらだ。

「貴方《あなた》の上司の方は今？」

「病院です」

職員が答えたきり管理所は時間が止まったような沈黙に包まれた。モニターの映像も静止画と間違えそうだ。

「とりあえずこれじゃ手詰まりだ。一旦出て調査してから戻るか」

「時間も時間だしお昼にしたら？　兄さんも朝食べてきてないみたいだし」

「そうだな」

返事をしてから喉《のど》の奥が塞《ふさ》がれたように息が詰まった。あまりにも自然な響きで、答えるまで疑いすら持たなかった。今の声は誰のものだ。

六原と職員は無言でマグカップをトレーに載せている。ふたりのどちらかが言ったはずがない。聞こえた声は女のものだった。それも、久しく聞いていないのに、きっかけさえあれば自分でも嫌になるほど鮮やかに思い出せる声だ。

俺に手元のカップを寄越すよう六原が促す。この男を兄さんと呼ぶのは——。

俺はモニターの中の黒い影を睨《にら》んだ。向こうから見えるはずはない。だが、金色の光が微《かす》かに形を変えたように見えた。笑ったのか、哀れむように目を細めたのかはわからなかった。

二

ダムから少し離れた場所にある定食屋は、木造の屋根や壁が湿気を全て吸い込んだように濃い茶色に変色していた。柔らかくなった床板は踏むたびに水が染み出すような錯覚を覚える。

四人掛けの席に通され、俺は六原の向かいではなく斜め前に座った。ベタついたメニュー表を受け取り、六原は金目鯛《きんめだい》の煮付け定食を注文する。俺はまだ魚を見たくなくてトンカツ定食を注文してから、テーブルのコップの水を飲み干した。

「で、そのおかしくなったっていうダムの職員、無事なのか」

六原は俺のコップにピッチャーの氷水を注ぐ。

「ああ、命に別状はないらしい。病院に搬送されて、彼の娘が確認した。日頃から漢方薬を飲んでいたお陰で無事だったとか」

「それは絶対に関係ねえよ」

扉に取りつけたベルが鳴り、ふたりの老人がビニール傘を振りながら店に入ってきた。

「だから、俺はダム建設に反対だったんだよ。環境とかそういう問題じゃねえ。あそこの村は昔からおかしかったんだからさ」

「そんなこと言ったって、あの村残しといてもしょうがねえだろ。みんな気味悪がって若いのが出て行っちまったんだから」

不満を漏らしながら老人たちは俺たちのふたつ隣のテーブルに腰を下ろす。店の奥から出てきた店員が俺たちの前に湯気の立つ定食を置くと、常連客なのか、老人たちに「いつものでいいですか」と確かめてまた戻っていった。

「ダムに沈んだ村は」

六原が割り箸《ばし》を割って、煮崩れた鯛《たい》の背骨を引き剝《は》がした。

「棺桶《かんおけ》作りを主な産業にしていたらしい。木材になる楠《くすのき》がたくさん生えていたとか」

「陰気な村だって言われて周りの村との交流は少なかったらしいな」

「生きている間は明確に死を意識したくないんだろう。邪険にしたところでいずれ皆世話になるのに」

飯の不味《まず》くなる話をする奴だ。俺が初めて六原の家に行ったとき、出前の寿司《すし》か何かが並んだ食卓を囲みながら、日本の暴力団の密漁と漁業の関連の話をされたのを覚えている。嫌がらせの意図などなく、ただ魚の寿司ネタを見て思い出した、というから余計タチが悪い。

「兄さん、そういう話をしないの」

今でも思い出せる声でそう窘《たしな》めて、俺を気遣うように泣き黒子《ぼくろ》を歪《ゆが》めて微笑んだあの女は――。

「ダムが建設されたのは何年だったっけ」

俺は思考を振り払って話題を探す。

「九九年だ」

六原は魚の骨を執拗《しつよう》にバラバラにする箸《はし》を止めた。

「現在、出現している領怪神犯の発端はこの九〇年代後半に固まっている。同一の原因とは思わないが、何かの要因がある気がしなくもないな」

俺はトンカツの衣を剝がしたり着せ直したりしながら頭を巡らせた。

「宮木が、ゲームのバグみたいって言ってたんだ」

「バグ？」

「例の人魚の村のときにな。確かに、何か正常に進むはずのものが一点狂って、それで歪みが起きてるような感じはする。当てずっぽうだけどな」

「歪みか……」

六原は水を半分飲んでからコップを傾けた。

「今起こっているものとはまた違うが、ダム建設の数年前も今は水底のあの村で妙なことが起こったらしい。何でも、村の木を使って作られた木箱から死人の声がするとか」

俺は平静を装って「へえ？」と聞き返す。

「亡くなった旧友や家族の声を聞いた村人が、会いに行かなければと言って楠で首を吊《つ》る事件が多発したそうだ。その頃、四メートルほどの背の高さの喪服を着た人間を見かけたという情報が多く寄せられたらしい」

ダムに脚を突っ込み、ぼんやりと佇む黒い影。あれが全ての元凶か。六原は続ける。

「棺桶作りに使う神聖な木を俗なことに使ったから罰が当たったとか何とか……そちらも調べる必要がありそうだな」

「言うか迷ってたけど」

俺はすっかり冷めきった白飯を水で流し込んでから、箸を置いて六原を見た。

「ダムにいた奴と目が合った後、実咲《みさき》の声を聞いたんだ」

六原が小さく目を見開く。

「特別なことは何も言ってない。一旦《いったん》休んで飯でも食ってくればいいとか、馬鹿みたいに普通のことでうっかり返事したぐらいだ」

窓を伝う雨の筋は白い渦を描くように外の光景を滲ませた。

「死人の声に、返事をするのはよくないな」

「実咲が死んだとは限らねえだろ」

六原は苦笑いで肩を竦《すく》めた。大惨事に出くわしたときも不謹慎なほど落ち着いている男だが、今のは虚勢だとわかった。

実咲が消えたのも冬の雨の日だった。「実家の用事で少し家を空けるから」と言われて、疑いもしなかった。俺は雨の中、駅まで実咲を見送った。それから連絡が取れなくなり、六原に尋ねたところ、実家の用事など知らないと言われて、初めて俺は焦った。実咲遺書もなく、作り置きのおかずを詰めたタッパーが冷蔵庫に大量に残されていた。

が台所で、タッパーの蓋を押しながら、「これ全部食べきったら……」と言いかけて微笑んだのを覚えている。忘れてくれ、と言う気だったのだろうか。使いかけの化粧水も、夏に着るために買ったスカートも残して実咲は消えた。

六原は窓の外に視線をやって独り言のように言った。

「お前がこの部署に来るのは反対だったんだ。原因を解明しても実咲が戻るとは思えない。過去に囚《とら》われないで好きに生きてほしかったんだが……」

「あんただけで決めることじゃねえよ。あんたの妹でもあったけど、俺の嫁でもあったんだ」

俺はレモンをかけすぎたトンカツをかじる。レモンの味しかしない。

「それに、そう言う割にしっかりろくでもない案件山ほど持ち込んでくるじゃねえか」

「使えるものは有効活用しないとな」

六原が口角を上げたとき、店の奥で電話が鳴り響いた。店主が受話器片手に「六原さん、いらっしゃいますか」と叫ぶ。義兄は立ち上がって受話器を受け取った。耳を澄ませたが、会話の内容までは聞き取れなかった。十数秒もしないうちに戻ってきた六原は、席について再び魚の骨をバラす作業に戻る。

「どうでもいい話か？」

「微妙だな。ダムの職員から連絡があった。マズいことになったらしい」

「どこも微妙じゃねえよ。何平然と飯食ってんだ」

六原はあってもなくてもいいような漬物を摘まんで席を立とうとしない。

「大方、例のおかしくなった職員が更におかしくなった程度だろう。急いだって治る訳じゃない。茹《ゆ》で卵を生に戻せないのと同じだ」

「死人が出てたらどうする」

「じゃあ、尚更《なおさら》焦っても意味がないな。死人は生き返らない」

俺は焦るのも馬鹿らしくなって冷めた味噌汁《みそしる》をすすった。

会計を済ませて店を出ようとしたとき、老人たちが空の皿を挟んで話す低い声が聞こえた。

「そういえば、あの変なのが来てたぞ」

「変なのって」

「あの村がダムになる前に出入りしてた連中だ。新興宗教か何かはわからねえが。妙な赤い飾りみたいなの配ってた」

「そんなもん来られたってうちは入信しねえぞ」

話を聞きたかったが、片方の老人と目が合い、気まずくなって俺はそのまま店を出た。

外は傘をさすのも迷うような細い針に似た雨だった。

「遅いですよ。どこまで食べに行ってたんですか！」

すっかり馴《な》れ馴《な》れしくなった守衛が赤い警棒片手に駆け寄ってきた。

六原が店の名前を答えると、「すぐそばじゃないですか！」と守衛が目を剝《む》く。わざわざ言わなければいいのにと思う。

滑稽《こっけい》なほどの慌てぶりが笑い事で済まされないのは、職員たちが総出で集まっていることでわかってきた。白と黒の車体で雨を弾《はじ》きながらパトカーが数台駐車場に滑り込む。

「何があったんですか」

「それが、おかしくなった例の職員が病院を抜け出して、ここに戻ってきまして」

守衛が口の端に乗せた泡を飛ばす間にも、車から降りた警察官がぞろぞろと管理所に駆け込んでいった。

「暴れたんですか？」

「暴れましたけど、問題はそこじゃなくて、暴れてダムのエレベーターの方に行っちゃったんですよ！」

六原が眉《まゆ》をひそめる。管理所の方から男たちの驚愕《きょうがく》するような声が聞こえてきた。

「エレベーターに乗って何をしたんですか、ダムに降りた？」

「降りる前に、食われたんです！」

俺と六原は顔を見合わせる。ダムの底に立つ寂しげな黒い影が頭に浮かぶ。あの神は何もしてこないんじゃないのか。俺と六原は急き立《せ》てられてダムの方へ向かった。

砕けて身体に吹き付ける水飛沫《みずしぶき》が、雨なのか放水のものなのかわからない。ずぶ濡《ぬ》れになりながら管理所を抜けて、ダムの内部へと続く武骨な打ち放しの通路に通された。ひとの姿はないがひどく騒がしい。俺の肩を押しのけて警察官が奥へと駆けていく。喧騒《けんそう》が一層増した。銀のプレートが一面に張り巡らされて宇宙船のような通路を進むたび、金属に声が反響する。そこでやっと会話の内容がおかしいことに気づいた。

「明日の図画工作で牛乳パックが必要なの」

「何でもっと早く言わないの。お父さんに帰りに買ってきてもらわないと」

「なあ、お前が誕生日にくれた靴紐《くつひも》すぐ千切れちゃったよ」

「次の休日にタイヤを冬用のに交換しないと。雪になりそうだ」

警察官のどよめきに混じって、家庭や学校や職場でかわすような雑談が響いてくる。何でこんな状況でこんな話をしているんだ。俺はひと集《だか》りに突き当たって足を止めた。ひしめく警察官が怒鳴りながら、黄色と黒のテープを張り巡らせている。

「これは……」

六原が呟《つぶや》いたとき、俺は警察官の肩の向こうにあるものを見てしまった。無機質なエレベーターの扉が開け放たれ、重量オーバーのブザーがしきりに鳴っている。腫瘍《しゅよう》のような巨大な膨らみがいくつも重なり合い、重たげな銀の扉を内側から押し開けていた。たっぷりと実った食虫植物にも似たその房は真ん中が赤く裂けて、しきりに蠢《うごめ》く。口、口、口、口、口。匣《はこ》に満ち満ちた無数の口を生やした何かが囀《さえず》っている。

「ねえ、お父さんピンクじゃなく水色がいいって言ったじゃない」

「お前に貸した漫画そろそろ後輩に貸したいんだけどさ」

「そろそろ年だし、お墓の管理は兄さんに任せようと思うのよ」

「明日の釣り、先輩は来ないんですか。後の飲み会だけでも行きましょうよ」

あまりにも奇怪な腫瘍が、あまりにも平凡ないくつもの声で、あまりにも和やかな言葉を吐き出していた。無数の口はエレベーターを封鎖するテープに反応して、宙で歯を噛《か》み合わせる。黄ばんだその歯はまだ真新しい血で濡れていた。

三

封鎖されたエレベーターが壮絶な音を立てて揺れる。

血塗《ちまみ》れの口を生やした腫瘍は歯軋《はぎし》りしながら無数の声で囀り、今にも銀色の扉を押し破って溢《あふ》れ出しそうだ。エレベーターを包囲する警察官たちの顔にあるのは嫌悪や恐怖だけではない。内に何かを堪《こら》えるように唇を噛む表情からわかる。おそらくあの腫瘍から聞こえる声音は全て、警察官たちに所縁《ゆかり》のある故人の声だろう。

「所轄に連絡を。ここに一番近い部署の人間に地域警察と連携を取ってすぐ向かうよう伝えてくれ」

六原が守衛に告げる。腫瘍がいっそう膨れ上がった。歪《ゆが》むはずのない分厚い鋼鉄の扉が音を立ててひしゃげていく。亡き者の声に混じって、みちみちと肉が膨れる音と、軋《きし》む金属の悲鳴が聞こえてきた。

「破壊も視野に入れろ。このまま出られたら――」

だが、突如、無数の腫瘍が一瞬で消えた。この場にいる全員が息を呑《の》む。

あっという叫びを残して、怪異を詰め込んだ匣が瞬く間に急降下した。エレベーターがあった空間が暗闇に塗り替えられる。重量に耐えきれなかった匣が落下したのか。死者の呼び声も、衝撃音も聞こえない。匣をぶら下げていたワイヤーが、千切れた反動でピシッと音を立て、エレベーターを取り巻くテープを断ち切った。

呆然《ぼうぜん》とする警察官をよそに、俺は横に視線をやる。六原は何とも言えない表情をした。

「このエレベーター、地下何メートルまであるんだ？」

俺の問いに答えようとした職員は、まだ声が出ないらしく、わずかに唇を動かしただけだった。テープの先の暗闇は音もなく広がり、ダムの底に立つひと影を連想させる。

「とりあえず、すぐには上がって来なそうだな」

職員がそう願いたいとばかりに何度も頷《うなず》いた。

「封鎖しといてくれ」

遥《はる》か下へと落下したエレベーターから声は聞こえて来ない。その代わりにベタベタと素手で壁を何度も叩《たた》くような音が聞こえた。這《は》い上がろうとしているのか。切れたワイヤーは日本刀で斬り落としたような綺麗な断面を見せて揺れていた。

エレベーターの呼び出しボタンのパネルには、職員のものか、錆色《さびいろ》の血が付いていた。

永遠にも思える長い廊下を抜けてモニタールームまで来ると、窓の外の雨は一層激しくなっていた。

無彩色の空から降り注ぐ雨が視界を烟《けむ》らせ、灰色のダムの輪郭も霞《かす》んで見える。

俺は画面のひとつに映る影を睨《にら》む。滝のような豪雨に打たれながら黒く長いひと影は動かない。灯台の光が巡って海を照らすように、金色の瞳《ひとみ》が水面を撫《な》でた。眩《まぶ》しいがどこか虚《むな》しい双眸《そうぼう》が俺を見つめている。何かを訴えかけることさえ諦《あきら》めた、ただ見ているだけの目だった。


「どう思う？」

車のドアを開け、六原はビニール傘を広げたまま助手席に滑り込んだ。

「どうつったって……勝手に落っこちたはいいけど、あの化けモンがいつ這い上がってくるかわかんねえぞ」

横着して乗り込む前に傘を閉じたせいで頭から水をかぶった。車内の暖房が効くのが遅く、温《ぬる》い風に却《かえ》って全身の熱が奪われる。

「ダムの底にいた黒い巨人とエレベーターで職員を食った化け物の相関は何だ。底のやつが本体で、あの腫瘍が眷属《けんぞく》みたいなものか？」

「知らねえよ」

ティッシュで髪を拭《ふ》くのに必死な俺をよそに、六原は顎《あご》に手をやって考え込む。

「そもそもあの腫瘍を一個体と見るか別々のものの集合体と見るか……」

「知らねえ」

俺はダッシュボードに濡れたティッシュを投げ込んでから、ハンドルに肘《ひじ》をついた。

棺桶《かんおけ》の原材になる神木を守っていた死者を送るための神。それがあんな化け物を生み出してひとを害する理由は何か。村を沈められた恨みというのは違うだろう。ダム建設が決まる前から、死者の声を真似る怪異とそれに呼ばれた者の不審死は多発していた。その頃から黒く巨大なひと影の目撃情報はあったという。棺桶以外の用途に神木を使ったことを咎《とが》めに来たのだろうか。水に膝《ひざ》まで浸《つ》かってぼんやりと佇《たたず》む喪服の巨人。エレベーターいっぱいに詰まっていた、ひとの口を貼りつけた腫瘍のような禍々《まがまが》しい怪異。

「違う、と思う」

不意に口をついた言葉に六原が振り向く。

「何の根拠もねえ話だが、あのデカい黒いのとエレベーターの化けモンは違う気がする」

あの巨人の金の瞳には、雄弁に何かを語る口など持たない寂しさがあった。感情論だが、〝奴〟に声真似で餌をおびき寄せる器用な真似ができるとは思えない。六原が苦笑した。

「俺もあれは何か成り立ちが違うような気がする」

「俺より訳のわかんねえこと言うなよ」

俺はハンドルに手をかけた。やっと暖房が効いてくる。

「村に降りて聞き込みでもするか……」

そのとき、定食屋を出るときに聞いた老人たちの会話が脳裏をよぎった。

――あの村がダムになる前に出入りしてた連中だ。新興宗教か何かはわからねえが。妙な赤い飾りみたいなの配ってた――

「成り立ちが違う……別の神か！」

聞き返す六原に答える代わりに俺はアクセルを踏み込んだ。村人が言った「連中」とやらを見つけなければ。


濡れて青さを増した水田の連なりに、時折現れる道路標識や信号の赤が浮き上がる道路をひたすら走った。

「あんたの言った通りだ。エレベーターの化けモンはたぶん元からいた神じゃねえ。余所《よそ》から持ち込まれたもっとろくでもねえもんだ」

行く手を阻もうとするようにフロントガラスを曇らせる雨をワイパーで蹴散《けち》らし、整備の悪いアスファルトの道に溜《た》まった水を撥《は》ね上げる。

俺はハンドルを握る手に力を込めた。

「六原さん、あの村が棺桶作りをやめて箱細工を作り出したときに、何か変な奴が入ってきた記録なかったか」

「もう少し速度を落としてくれ……確か村の会館で工芸品の作り方を教える講習会が開かれた記録があったが、その講師の筋がぼかされていて辿《たど》れなかった」

「じゃあ、同じ会館で新興宗教のセミナーが同時期に開かれた記録は？」

六原は少し間を置いて「あった」と呟いた。

「それから選挙だ。村長か何かを選ぶとき、村の名士でも何でもないぽっと出の奴が当選した記録は？」

「それはないが……村長の秘書がダム建設の前年に急に替わっている。地元の名士の家系が代々務めていたのに、急に村の外から来た若造に代替わりした」

「よし、見えてきた。最後だ。宗教セミナーが開かれたり秘書が交代したりするより前に、村長の近しい人間が突然死んだことは？」

六原は道路の掠《かす》れた白線を見つめ、全てを察したように溜息《ためいき》をついた。

「大学卒業後、地元に帰る予定だった村長の息子が東京から帰省する途中に事故死した……」

「なるほどな……」

俺が呟《つぶや》くのと、六原が急に横からこちらに飛びかかってきたのは同時だった。俺が反応するより早く車が急停車し、勢いのままつんのめりかけた全身がシートベルトに締め付けられる。

「何考えてんだ、あんた！」

身体をくの字に曲げてハンドルの下に潜り込む姿勢の六原を見下ろすと、骨ばった白い手がサイドブレーキを握っていた。俺はフロントガラスを塞《ふさ》ぐ雨の筋をワイパーでどかして外を見る。白線の先に濡《ぬ》れた毛の犬のような獣がいた。

「犬、いや、狸か？」

「狸……？」

六原の頬が引き攣《つ》る。彼には何に見えたのか問う前に、すぐ答えを知ることになった。路面に反射する信号の光で全身を赤く染めた獣が鼻先を上げる。正面を向いた顔がやけに平たい。犬か狸のような生き物が笑う。剝《む》き出しになった石臼《いしうす》のような歯は、エレベーターいっぱいの腫瘍《しゅよう》と同じ、人間の口そのものだった。獣は濡れた毛を震わせて藪《やぶ》の中に消えた。

俺は、やっとサイドブレーキを離した六原と目を合わせる。お互いに首を振った。獣が消えた方を見ると、四角い箱が道端に置かれて雨ざらしになっている。俺と六原は車を路肩に寄せた。

外に出て傘を広げると、雨が薄いビニールを責め立てるように叩いた。地面で跳ねる水がすぐにズボンと靴を濡らして足を重くした。錆《さ》びたガードレールの脇に置かれたペットボトルにガーベラの花が挿さっていて、周りを取り囲むように置かれた、スナック菓子や食玩《しょくがん》の箱が濡れてふやけている。それを見下ろすように黒く大きな箱が雨を弾《はじ》いていた。ひとひとり入れそうなほど大きいトランクケースだ。六原が俺の傘の柄に手を添える。持ってやるからお前が調べろと視線で促された。

俺は舌打ちし、ポケットから白手袋を出してはめる。屈《かが》み込んだ俺の前に傘から注ぐ雨のカーテンが結界を作るように降りた。俺はひと呼吸置いてトランクの金具に触れた。何の抵抗もなくトランクの蓋《ふた》が前に倒れる。箱の中に無数の箱があった。緻密《ちみつ》な寄木細《よせぎ》工のような手の平大の木箱が隙間なく詰め込まれている。箱の表面にはどれも朱《あか》い筆で鬼灯《ほおずき》が描かれていた。手描きのようだがどれも機械で印刷したような精巧さだ。雨で濡れ出した木箱の鬼灯が滲《にじ》み出して膨れたように見え、エレベーターの中の異形を思い起こさせる。

「勅令隋身《ずいしん》保命……」

隣に屈んだ六原が箱のひとつを取り上げて、裏側を眺めながら聞き慣れない言葉を吐いた。

「中国の道士がキョンシーの額に貼る札に書く文だ。正統なものじゃないぞ。ゾンビものまがいのホラー映画がポスターやグッズ展開に使った小道具だ」

箱の裏面には同じ赤色で達筆な筆文字が記されている。

「どこまでもちゃちな新興宗教かよ……」

俺が立ち上がると六原も合わせて腰を上げる。互いに無言で再び車に乗り込んだ。

ひとまずダムに戻って様子を見ようと来た道を引き返して進んでいると、六原が口を開いた。

「鬼灯は死者を迎える盆提灯《ぼんぢょうちん》の代わりだろうな。ちゃちな新興宗教だろうと、ひとの感情の拠《よ》り所となれば自《おの》ずといろいろなものが溜まる。化け物を作り出すくらいにはな」

「今はダムの底の村の村長が息子を復活させるために縋《すが》った宗教が、ろくでもない呪具《じゅぐ》を広めて村がおかしくなったってことか」

六原が頷《うなず》く。

「この村でも異常が起こり出したのは、再びその邪教が入り込んだせいだろう。それを追い出せば解決するはずだ」

「六原さん、部署でのあんたの権力って今どれくらいだ」

「……歳にしては、相当」

「その宗教連中を追い出すくらいできるか」

頷いた六原の横顔が反射するガラスに赤色が差す。信号の色だと思った。だが、周りに信号どころか赤い標識も街灯すらもない。

べたりと、窓を叩《たた》く音がした。いや、叩かれたのではなく貼りついたのだ。ガラス窓に巨大な唇がべったりと貼りついている。俺は反射的にアクセルを強く踏んだ。

「どうする？」

またべたりと音がした。今度は俺の側のガラスが暗く陰ったが見ないようにする。

「とにかく止めるな」

べたべたと音が連なる。アクセルを踏む足が重い。車が減速していくのを感じる。

フロントガラスを一面の赤が塗り潰《つぶ》した。目の前でひび割れた赤い唇が黄ばんだ歯を擦《こす》り合わせている。最悪だ。唇がしきりに動く。アクセルをべた踏みにしているがビクともしない。窓の外の雨音が聞こえない代わりに、ぼそぼそと呟く声がする。聞かないように俺はハンドルだけを見つめてアクセルを踏む。声がだんだんと響いてくる。巨大な唇が囀《さえず》る声を俺は知っている。窓にひびが入る音が聞こえた。徐々に大きくなる声と生温《なまぬる》い呼気が車内に満ち、頭がおかしくなりそうだ。

急に視界が晴れた。窓の外の唇が全て消えている。ガラスが雨より粘質な液体で濡れていた。思い出したようにワイパーが動き出す。幻覚かと思ったが、フロントガラスには乾いた唇の痕《あと》と前歯が当たったたひびが残っていた。

「消えたのか……」

呆然《ぼうぜん》と前を見る六原の左肩の向こうに黒い影があった。俺は身を乗り出し、助手席側の窓の外を見ようとする。大木に似た真っ直ぐな影は脚だ。喪服のようなものに包まれた真っ黒な脚が直立している。俺は視線を上げた。遠近感が狂いそうな長いひと影。ちょうど四メートルはあると思った。アクセルを踏むと、何事もなかったように発車した。

車はダムの駐車場に滑り込んだ。ワイパーはまだ動いていたが、もう除《よ》ける水滴がない。車外に出ると、降り続いた雨が止んでいた。

見慣れた守衛に通されて管理所のモニタールームに入ると、若い職員が喜び半分困惑半分の顔で俺たちを見た。

「あの、それが、監視カメラでずっと追っていたんですが……落下したエレベーターのやつ、今見たら跡形もなく消えてるんですよ」

職員は困り果てたようにモニターを指さした。画面には暗闇の中にぼんやりと浮かぶ銀の匣《はこ》以外何もない。俺は隣のモニターに視線を移す。相変わらず水に足を突っ込んだ黒い影がぼんやりと立って、金色の虚《うつ》ろな眼光を向けていた。

この神はずっと、死者を送り出す以外何もできない無力で穏やかな神だった。きっと、邪教のせいで死者たちの魂が旅立てないのを見かねて、村人の前に姿を現したのだろう。怯《おび》えた人間たちが穢《けが》された村ごと邪教を捨てて逃げ出すように。

俺は落下したエレベーターのワイヤーがすっぱりと刃物で断ち切られたような断面だったのを思い出す。重さに耐えかねたのではなく、あの神がせめてもの抵抗で斬り落としたのだとしたら。

画面の中の神が俺を見た。俺は頷く。きっと見えているはずだ。あの神は村が沈んだ後も、ずっとひとを見守っていたのだから。来ない客を待つ船乗りのように水面を見つめて、導くべき魂と、事態を解決してくれる人間をずっと待ちながら。

降り注ぐ水の中で金色の光がわずかに歪《ゆが》み、揺れた。小さく頭を下げたようだった。

外に出ると、雲の切れ間から久方ぶりの陽光が覗《のぞ》いていた。俺たちは車に乗り込む。

「来てよかったな。久しぶりにちゃんと解決できそうな案件だった」

六原が口角を上げる。

「冗談じゃねえ」

俺は短く答えて六原を見た。案件は比較的マシな方だったかもしれないが、やはり同行者がよくない。俺は怪異よりもこの男の方が苦手だ。薄幸そうな泣き黒子《ぼくろ》といい、細面の輪郭といい、化け物が真似た声なんぞより、よほどあいつの記憶を掻《か》き立てる横顔が何より嫌だった。

辻褄合わせの神

RYOU-KAI-SHIN-PAN

There are incomprehensible
gods in this world who cannot be called
good or evil.

序

私はもうお迎えが近いですから、そろそろ神や仏に縋ってみようと思ったもんですが、やはりこの歳になっても天国も地獄もどうしても信じられんのです。無神論者というのとは違うんでしょうね。むしろその逆です。私の村の神様はちゃんと信じていますよ。他のものは何にも信じられないんです。

うちの神様だけですよ。お天道様も仏様もなぁんにもしてくれませんが、うちの神様は全部見ていて、この世でやったことのツケを払ったり払わせたりしてくれるんですから。天国とか地獄っていうのは元々、弱いひとが信じるものでしょう。馬鹿にしてるんじゃないんですよ。弱くないひとなんていませんから、いわばみんなね、信じたいものかもしれません。

何か悪いことに家族や友人が巻き込まれて、何があっても絶対に犯人を捕まえてやるぞと思っても、人間ですから限度がありますね。待てど暮らせど何年経っても犯人が見つからないことがあります。そういうときに、今生では逃げ果《おお》せても地獄で必ず閻魔《えんま》さまの裁きを受けるぞと思ってどうにか気持ちを落ち着けるんでしょう。

反対に、ずっと善良に、悪いこともせず生きてきたのに、死ぬ間際に人生を振り返っていいことなんか何もなかったってひともいるかもしれません。そういうひとは、我慢してきた分まで天国で目一杯楽しむぞと思って、やっと安らかに旅立てるんでしょう。でも、死んだ後のことはわからないですからね。うちの神様はちゃあんと生きてるうちにそれを見せてくださいますから。

うちのお父さんは昔会社をやっておりまして、貧しいうちから身ひとつで立ち上げた会社がやっと大きくなったってときに、秘書の女に全部お金を持ち逃げされてしまったんですよ。悔しい悔しいって毎日警察に行って何か進展はないかって聞いて。でも、何もわからなくて、日に日に痩《や》せ細ってしまって見てられませんでした。

でも、ある日、秘書が捕まったって警察から電話があってね。それが、お父さんの持ってた竹藪《たけやぶ》で見つかったって言って。そんなところに隠れてやがったのかって警察に行ったら、秘書の女は亡くなってたんですよ。取り調べの最中に急に苦しみ出してバタッと倒れたって。もう逃げられないとわかって毒でも飲んだかと思って司法解剖にかけたらしいんです。そうしたらね、お腹の中から、それはもう胃から喉《のど》の辺りまでいっぱいに詰まった純金が出てきたらしいんですね。それを全部出すと、ちょうどお父さんが盗まれたお金と同じ額になったんですよ。そういうことが何度もありましたね。

信心深い女のひとがいて、とても気立てのいい方でしたが不妊だったんです。その方はあるお屋敷でお手伝いさんをしてましてね。お屋敷のお子さんを自分の子みたいに大事に大事に可愛がっていたんです。

でも、その家の奥様が亡くなられた後に来た後妻と連れ子がひどいもので、最初の奥様の息子さんが跡取りになるのが気に食わないって、いつもいじめてたらしいんですね。お手伝いさんがいつも慰めていたんですが、ある日とうとうそのお子さんが自ら命を絶ってしまいました。そのお屋敷の旦那《だんな》様は綿織物の商売で財を成した方なんですが、その反物を使って納屋で首を吊《つ》って亡くなってしまってね。

お手伝いさんは我が事のように哀しんで暮らしていたんですが、もう諦《あきら》めていた子宝を授かったらしいんです。十月十日経っていよいよお子さんが生まれますからと、お暇をいただいた日に、お屋敷の後妻と連れ子は綿を吐いて急に亡くなったそうです。そして、お手伝いさんの女性に生まれたお子さんは男の子だったんですが、首の周りにぐるりと、赤い痣《あざ》があったそうです。

うちの村の神様は天国や地獄に代わって、いいことも悪いことも全部帳尻《ちょうじり》を合わせてくれるんですよ。私も随分神様にはお世話になりましたからね。どういうことで、ですか？　それはちょっと、申せませんね。

一

商店街の両端に並ぶ電柱には、白や水色の陽気な提灯《ちょうちん》がぶら下がっている。

不器用な人間がかけたのか、紐《ひも》がもつれているのはまだいい方で、高すぎて揺れるたび電線に触れそうな危なっかしいものもある。遠くから水の中で聞くようなくぐもった太鼓や祭囃子《まつりばやし》の音まで聞こえてきた。

「片岸さん、ラッキーですね。今日はお祭りの日みたいですよ」

宮木が楽しげに言う。

「仕事で来てんだぞ」

このやり取りも久しぶりだ。前の部署の引き継ぎは滞りなく進んでいるらしい。細かいことは守秘義務があるとかではぐらかされた。俺程度の地位では見聞きも許されないレベルの話かもしれない。そんなところから来たことに関しては、やはりこれ以上詮索《せんさく》しない方がいいのだろう。

「でも、屋台とかはないんですねえ」

宮木は商店街を見回す。無邪気なものだ。大それた経歴があるとは思えない。

宮木の言う通り、辺りは思いの外閑散としていた。埃《ほこり》をかぶったショーケースに革靴を並べる老人や、呉服屋の前で煙草を吸う女は微塵《みじん》も浮かれた様子がない。

「準備だけで祭りの当日じゃないんじゃねえか」

「でも、お囃子が聞こえてきますよ」

俺は肩を竦《すく》めた。祭囃子の音は遠いが、少しずつ大きくなっているような気がした。

「今日はお祭りなんですよね？」

宮木は店頭に並ぶ唐辛子や犬張子を模した根付を手にしながら、雑貨屋の店主に話しかけていた。

「そうみたいですね。だいぶ急なようでしたけど」

手編みのケープを羽織った店主の老婦人が微笑む。

「店主さんもご存知なかったんですね。というと、最近この土地にいらっしゃったんですか？」

「いいえ、うちは三代前からここの人間ですよ」

平然と答える老婦人に、宮木が怪訝《けげん》な表情を隠すように愛想笑いを返した。

「この村はこういった突発的で急なお祭りがあるんですか」

「ええ、お囃子が聞こえてきたらお祭りの合図なんですよ。お神輿《みこし》が通れるように急いで道を空けて、提灯だけでも吊るして、いつ来てもいいように準備をするんです」

宮木が助けを求めるように俺を見た。こういう調子は危ない。俺は顎《あご》で戻ってくるよう示す。宮木は適当なところで切り上げてとぼとぼと俺の側まで来た。

「どういうことなんでしょう……隣の村か何かと連携してお祭りをやっているんでしょうか。村のひともわからないなら祭囃子は誰が流してるんですか？」

「さあな、そういう風習なんじゃねえのか。山の方にいる神主や宮司か何かが適当なときに祭囃子を鳴らして、神輿担いで駆けてくる。それまでに村の人間で用意をしておけば福が来るとか何とか」

「すごい奇祭ですが、ない話でもないですね……」

宮木は首を捻《ひね》りながら、空に揺れる提灯を見上げた。飴玉《あめだま》のような色彩の提灯の不均等な吊るし方は不器用だからなのではない。祭囃子を聞いた人間が焦って吊るしたからだ。

「お祭り自体も妙ですけど、それより妙なのはここの神様と何も関係なさそうなんですよね」

「そうだな……」

水色と白の提灯の真下、色褪《いろあ》せた緑の屋根に店名を白で印字した古書店があった。店内には文芸賞受賞作品の入荷の知らせや、棚卸のため休業する日時に混じって、店主のものらしい手書きの字で記した藁半紙《わらばんし》が貼られている。

〝万引きは絶対にやめましょう。誰も見ていないと思っても必ず見ています。悪いことには天罰が下ります〟。

今時珍しい、子どもでも鼻で嗤《わら》うような警句だが、この村の書店が貼り出していると思うとぞっとした。何せこの村で祀《まつ》られている神は、天国や地獄に代わって人知れぬ善行には褒美を、明るみに出ていない悪事には罰を与える神なのだ。

「金を持ち逃げした秘書は腹に金塊を詰められて死に、継子《ままこ》に真綿で絞め殺されるような思いをさせた母子は綿を吐いて死ぬ。不幸な子どもは他人の子を我が子のように可愛がった不妊の女性のもとに生まれ変わらせる……それがこの土地の神なんですよね」

「説教くさい昔話みたいだよな」

聞こえますよ、と宮木が苦笑した。

「でも、そんな神様なら多くのひとはいてくれてありがたいと思うんじゃないでしょうか。私たちに調べて何とかしてくれなんて依頼が来ますかね？」

「それが、来たからこうして俺たちがここまで出てきた訳だ」

商店街の扇形のアーチを抜けると、二階をそのまま住居にしているような居酒屋や洋食屋がまばらに並び、すぐ住宅街に繋《つな》がる。今回の案件の依頼人の家はそこにあるらしい。俺は宮木を促して足を速めた。

提灯の列が途切れる辺りに、古びたリアカーに幌《ほろ》を被《かぶ》せただけの屋台があり、祭りらしくお面が並んでいた。店主の姿はなく、古風な狐やオカメの面は輪郭の溝に埃が溜《た》まっている。祭りの出店にしてはあまりにやる気がない。これもお囃子を合図に慌てて出したのか。店主不在の屋台を見ながら、この土地の神とやらがリアカーの運び手を煙のように蒸発させる想像をして、俺は眼を逸《そ》らした。

通りの先に、椿の生垣に埋もれるような民家が見えてきた。家の敷地から梅の木の枝が突き出していて、何かの罠《わな》のように道路に伸びている。

「梅切らぬ馬鹿……」

俺は呟《つぶや》いて呼び鈴を鳴らした。

二度鳴らしたとき、中からいかにも甘やかされて育ったような色白でほっそりとした大学生くらいの青年と、気弱そうな夫婦が現れて会釈した。家の中は先祖代々の和風の家を、花柄の壁紙や外国製の家具で何とか近代的にしようとする創意工夫が見える、こぢんまりとした雰囲気だった。普段なら家族団欒《だんらん》の光景が浮かびそうな、小綺麗《こぎれい》なテーブルと椅子の前に通されたが、居間全体はどことなく空気が淀《よど》んで暗く感じた。

一家は友井《ともい》と名乗り、俺たちのような仕事の人間が遠い親戚《しんせき》にいて、そのツテを頼ってきたのだと言った。

「この村の年寄りたちに知られる前にどうしてもと思いまして……」

家長の男が青ざめた顔で切り出す。

「私たちの仕事を知っていて、ということは警察では解決できないことですね」

何故か上座に座らされている、この家のひとり息子が怯《おび》えたように頷《うなず》いた。

「何があったか教えてくれますか？」

答えの代わりに友井の妻が腰を上げた。

傷ついたフローリングを椅子の足が削る音が長く響き、夫人が奥の部屋の暗闇に消える。俺たちは何も言わずにその帰りを待った。椅子がカタカタと鳴る音がする。

「陵《りょう》、やめなさい」

父親に制され、青年がはっとして身じろいだ。音の正体は彼の貧乏ゆすりだったのかと思い、テーブルの下に目をやると、まだ小刻みに震えていた。

戻ってきた夫人は両手に新聞紙で包んだ一本の筒のような何かを抱えていた。この村のような田舎の商店街の八百屋で大根を買ったらこんな風に包装して渡されるのだろうと何となく思った。だが、大根にしては細く、柔らかい。半分から上が夫人の肩にしな垂れかかるように倒れている。夫人は陰鬱《いんうつ》な表情で包みをテーブルの上に置いた。柔らかな見た目に反して、ことりとコップの底で叩《たた》いたような硬く軽い音がした。

「驚かれると思いますが、いや、慣れていらっしゃるかもしれませんが、見ていただけますか」

着席した夫人に代わって友井が新聞紙を止めるセロハンテープに手をかける。

俺と宮木が頷き、陵と呼ばれた青年が固く目を瞑《つぶ》った。かさり、と乾いた音がして包みが開く。放火事件の記事の間からくすんだ肌色が現れた。開いた毛穴と、くの字に曲がった部分に浮き上がる真新しい青痣《あおあざ》。宮木が机の上に身を乗り出す。

「これは、腕……ですか？」

新聞紙の上に人間の腕が載っていた。太さと硬質な筋肉からして痩《や》せ型の成人男性だろう。二の腕より下ですっぱりと斬り落とされたような腕だ。白っぽい五本の爪は四角く整えられている。陵が泣きそうな声を出した。

「一昨日《おととい》、朝起きて大学に行く前、庭の垣根に引っ掛けてあって……」

「悪質ないたずらでしょうか。作り物……ではないですよね」

宮木が気遣わしげに言う。どこまで精巧に作ってもこれほど生々しい偽物はできない。

「失礼ですが、これは一体誰の……」

俺の問いに、友井が項垂《うなだ》れて答えた。

「誰のものかも、誰が持ってきたかもわからないんです。決して明るみに出ませんが、たまにこの村ではこういうことが起こるんです」

「我々にこの原因を調べてほしいということですか？」

「お願いします！」

陵が急に大声を出して立ち上がった。

「村のひとたちに見つかったら、もうおしまいなんです。それに、もっと怖い……あれに見つかったら……」

青年の細腕が俺の肩に絡みつく。どこから出ているのかわからないほど強い力だった。

「落ち着いて。あれとは何です」

取り乱した人間に縋《すが》られるのは久しぶりだ。気が滅入《めい》るのを押し殺して陵を宥《なだ》めると、宮木が口を開いた。

「あれ、とはもしかして、ここの神様ですか？」

何とか座り直した陵が唇を震わせて頷いた。怯えきった息子の肩を母親が抱く。

「明るみに出ていない罪を裁く神様だと聞きましたが、もし本当ならそれに任せておけばいいのでは……」

「そんないいものではないんです」

友井はかぶりを振った。

「確かに犯人がいるものならそういう解決もできたでしょう。でも、今回のような不可解な事件では――」

友井の言葉を遮るように祭囃子《まつりばやし》の音がした。耳元で鳴らされているような大音量だ。一家が揃って震え上がる。太鼓に笛、たくさんの鈴が振り鳴らされ、急《せ》き立てるような囃子を奏でている。

「見れば、わかります……外に出てみてください」

夫人が顔を上げずに言った。俺と宮木は視線を交わし、席を立ってリビングを出た。暗い廊下にもしきりに祭囃子が反響している。録音したテープを室内で流しているような大きさだ。玄関で靴を履いたとき、奇妙なことに気がついた。

これだけ盛況な祭りで楽器の音はするのに、人間の声が一切しない。

宮木が扉を開け、俺たちは外に出た。生垣に花はなく青々とした葉だけがひしめいている。垣根から身を乗り出して通りを眺めたとき、ちょうど神輿《みこし》が突き出した梅の木の枝をくぐるところだった。俺と宮木は同時に息を呑《の》む。

金の彫刻と赤い飾り紐《ひも》とで荘厳に飾られた神輿を担いでいるのは法被姿の男衆ではない。死装束のような白い着物と白い頭巾《ずきん》で全身を覆い隠したひと型の何かだ。

頭巾に目を出す穴はなく、前など見えないはずなのに皆、一糸乱れず凄《すさ》まじい速度で輿を運んでいく。神輿を担ぐものの他には楽器を演奏している者も見当たらないが、割れんばかりの祭囃子は一層大きくなっていく。

「あれは何です、人間ですか……」

宮木が呆然《ぼうぜん》と呟いた。

「じゃなさそうだな……」

白装束に担がれた神輿は住宅街の通りを抜け、商店街の方へ向かっていく。

そこで思った。祭りがあるから神輿が出てくるのではない。その逆だ。神輿が出たから祭りということにしているんじゃないだろうか。あの不気味な存在は突発的に下界へ降りてくる。商店街の村人たちはその合図である祭囃子を聞いたらすぐに祭りの体裁を整える。訳の分からない不気味な何かが駆け抜けるのではなく、神様のためのお祭りだと、自分たちを納得させるために。

因果応報の神と、急に降りてくる神輿の集団は関連性がないと思っていたが、俺は気づきたくないことに気づいた。罪には罰を、善行には褒美を、お囃子が聞こえたなら祭りを。解明できないことに理由と結果を与える。要は辻褄《つじつま》合わせだ。

二

ラジオの電源を落としたように、祭囃子が急に聞こえなくなった。

「片岸さん、どうします？」

宮木が眉《まゆ》を下げて俺を見る。

「とりあえず、神社にでも行ってみるか。あの神について聞きたいこともあるしな」

友井には調査に出る旨を告げて、俺たちは家を後にした。耳を澄ましてもお囃子の残響すらない。空にはぼんやりとした青空を遮る枯れた梅の木の枝が広がっていた。

「あれ、何だったんでしょうね」

住宅街を抜け、老人ホームや何かの工場がちらほら見えるだけの広い草原に通したアスファルトの道を進みながら宮木が言う。どこにでもある田舎の風景だ。こういう事案のときは例によって、見かけだけはどこにでもある田舎の様相を成す。

「この村の神だろ……」

「お神輿を担いでた白いのも合わせて神なんでしょうか？」

「さあな、神輿と担いでる奴らに分かれてるように見えても実際はそうかわかんねえしな。それか、まあ、神輿なんだから上に乗っかってたのが神なんじゃねえか」

「ちゃんと見ましたか、片岸さん？　あの輿、てっぺんにあるはずの鳳凰《ほうおう》とかの飾りが何もなかったですよ」

宮木の言い聞かせるような口調に、俺は口を噤《つぐ》んだ。送電塔が等間隔で並び、遠くに広がる雑木林を封じ込めるように電線が延びている。注連縄《しめなわ》のようでもあり、商店街に吊《つ》るされていた提灯《ちょうちん》のもつれた紐のようでもあった。

「土産屋の婆さんが妙なこと言ってた理由がわかったな」

俺の声に宮木がこちらを振り向く。

「日付を決めてやるんじゃなく、祭囃子が聞こえたらその日が祭りの日になる。訳わかんねえ化けモンが神輿担いで降りてくるなんてこと受け入れられねえから、それを祭りってことにして納得してんだ」

「納得するための辻褄合わせ、ですか……」

道を進むと、入道雲に似た深緑の林に埋もれる赤い鳥居が見えた。ひび割れた石段を上り、坂道の上の境内に出ると思いの外広く、明るい陽光が降り注いでいた。俺は神社を見渡す。楢《なら》の木に囲まれた、ブランコと滑り台しかない、申し訳ばかりの公園が併設された敷地内は静かだ。

「お祭りの気配はありませんね……」

宮木が呟《つぶや》く。男たちの笑い声が聞こえ、振り返ると、手水舎《ちょうずや》の奥で作業着を纏《まと》った三人の中年の男が煙草片手に談笑していた。俺が声をかけるか迷っている間に宮木はとっとと三人に近づいている。

「すみません、今日はお祭りがあったようですが」

「あー、またお神輿が通ったかあ」

男たちは少し驚いてから、ひとが良さそうな苦笑を浮かべてタオルで汗を拭《ふ》いた。

「知らねえひとは不思議に思うよな」

「うちはよくそういうのがあるんだよ。どっから来たんだい？」

拾った落ち葉を燃やしていたのか、彼《かれ》らはドラム缶を囲んでいた。三人は端に詰めて俺と宮木が入る隙間を空ける。塗装の剝《は》げたブリキ缶を覗《のぞ》き込むと、焦げた落ち葉が細い煙を上げ、赤い舌のような炎がちらついた。

「東京です。大学院で民俗学を専攻していましてフィールドワークに来ました」

宮木が臆面《おくめん》もなく言う。堂々と出まかせを言えるのは羨《うらや》ましいが、そのせいで三人の視線が俺に集まった。

「こちらは私が師事している准教授です」

「ほぉ、お若いのに……」

作業着の男たちが納得したのか一斉に会釈した。俺は聞こえないように舌打ちする。

「こちらの村で興味深い信仰があると聞いて伺いました。何でも善人には報酬を、悪人には罰を与える神様だとか……」

「あぁ、昔話みたいだって思うよねえ。笠地蔵《かさじぞう》みたいな」

「そんな可愛らしい話じゃねえべ」

男は笑いながら吸殻をドラム缶に放り込む。炎の勢いが少しだけ増した。

「もうちょっと厳しい神様なんだよな、うちのは。悪いことを見過ごさないっていうか。神輿も神様が送ってくる抜き打ちの監査みたいなもんだ」

男のひとりが欠けた前歯を見せた。

「変な話ですが、皆さんの中でそういう、神の裁きのようなことを実際見聞きした方はいるんですか？」

俺は箱から取り出した煙草を歯に挟んで尋ねる。三人の中で一番若い男が首を捻《ひね》った。

「自分が見た訳じゃないが……うちの祖父《じい》さんが結婚したての頃、夜道で急に後ろから殴られて四針縫う怪我したことがあってさ。犯人が見つからなかったんだが、しばらくして結婚に反対してた嫁の従兄弟《いとこ》から詫《わ》び状みてえなのが一筆届いて、次の日その男が柿の木で首吊って死んじまったんだってさ。そのとき、祖父さんの家にあった柿の木の枝も折れてたって聞いたな」

「その従兄弟さんが、本当に犯人だったのでしょうか」

宮木がさりげなく聞くと、男は鷹揚《おうよう》に頷《うなず》いた。

「そりゃあ、神様がそうだってならそうなんだろうなあ」

他のふたりも同意を示す。俺は内心薄ら寒い気持ちで灰をドラム缶に落とした。その男が犯人だったという確証はないが、村人たちは疑いもしない。ひとびとを安心させるための適当な人身御供《ごくう》だったとしたら。

「皆さん、お集まりですか」

頭上から降ってきた声に顔を上げると、林に続く斜面に木材を埋め込んだだけの簡素な階段があり、初老の男が降りてくるところだった。三人の男が急に居住まいを正し始めたので、俺も何とはなしに煙草を缶に捨てる。

「ここの宮司をやっております」

男は穏やかな笑みを浮かべた。ラクダ色のジャケットにネルシャツを着た姿には何の威厳も感じないが、三人の反応からして本当らしい。俺たちが説明するより早く、作業着の男たちは東京の大学から偉いひとと学生が調査に来ているとまくし立てた。宮司は微笑すると、俺たちに背を向け、ついて来いと言うように元来た階段の方へ歩き出した。

自然の光に満ちていた境内とは違い、林の中へ潜り込んで行く細道は木の葉が影を落として仄暗《ほのぐら》い。泥から顔を出す階段も腐りかけていて、踏み抜いたら崩れそうだ。

「この林道を通ってお神輿《みこし》が降りてくるんですよ」

宮司は背を向けたまま穏やかな声で言う。

「お神輿っていうのは、あの、村の皆さんが担ぐ……」

敢《あ》えて聞いてみた俺の前で宮司の薄くなった頭がかすかに横に揺れた。

「お神輿は神様が村のみんなを見に来ているんじゃないかと先ほどの方々が仰《おっしゃ》っていました」

沈黙に耐えかねたのか宮木が口を開くと、木々のざわめきに混じってふっと笑う声が返った。

「村の皆さんは少々うちの神様を誤解しているようです。本来の権能以上の期待を受けるのも神の仕事と言えばそうですが」

宮司は足を止めて藪《やぶ》の方へ視線をやった。黒々とした葉の中に白いペンキの塗装が剝げかけた蔵のようなものがある。

「元々、うちの神様はそれほど大層なものでなかったんです。昔もっと遠くに大きな神社がありまして、村人は何かあったときはそちらにお参りしていました。ここの神様に祈るときは失《な》くし物をしたときだったんですよ」

宮司の目元のしわが濃くなる。

「失くし物ですか……」

「はい。失くした物が戻ってくるように祈りを捧《ささ》げると、不思議とすぐに見つかると評判でした。まあ、その程度のものだったんです。あそこの蔵が見えますか」

蔵の扉は半分だけ開け放たれていた。

「お神輿もここから出て村の中を一周して戻ってくる。あるべきものがあるべきところに戻るように。そういう祈りの意味があったんですね、昔は」

蔵の戸の奥は完全な闇でぽっかりと口を開けているように見えた。

「それがなぜ罰に罰を与えるようなすごい力を持った神になったんでしょうか」

宮木は中の何かと睨《にら》み合うように蔵を見つめていた。

「そうですね……聞いた話によると、世界大戦のときから徐々に変わっていったようです」

「世界大戦って一次ですか、二次ですか、三次ですか？」

「三まであってたまるかよ」

俺が口を挟むと、宮木がはっとしたような顔をする。宮司の男が堪《こら》えきれずに吹き出してから咳払《せきばら》いした。

「第二次の方ですね。皆さんご存知でしょうが、あのときは村の若いひとがみんな兵隊に取られたでしょう。表向きはお国のためにと喜びますが、親としては無事帰ってきてほしいのが本心です。それで、村の親たちが皆、お百度参りをしたんですよ。失くしたものを戻してくれる神に『奪われた子どもたちを返しておくれ』と」

村人たちの願いを聞き入れて、あるべきところに物を戻すだけの神は、因果すらも正しく戻そうとする傲慢《ごうまん》なほど強大な神に変わったのだろうか。

「それで、徴兵された方々は……」

「戻ってきました。ひとり残らず」

俺と宮木は同時に息を呑《の》む。

「それは、すごいですね……」

風が木の葉を揺らす音だけが響き、日差しの強さに反して少しも温まっていない風が首筋に触れる。宮司は口の中で言葉を転がすようにしばらく言い淀《よど》んだ後、やっと声を絞り出した。

「ただね、最初は村のひとも喜んだんですよ。それが、その子の親たちがひとりまたひとりと『うちの息子じゃない』と言い出すようになったんです。だんだんとそれは広がっていきました」

風が凪《な》ぎ、周囲が水を打ったように静かになる。

「村の皆さんは神社に詰め寄りました。お前が寄越した息子の姿をしたものは何者なんだ。本当の息子を返してくれとね」

宮司は振り返って寂しげに笑った。

「村人の総意で、彼らを神社に返すことになったそうです。戦争から帰ってきた皆さんは何の抵抗もせず、この林道を登って行きました」

「それでどうなったんですか……」

そのとき、鼓膜の内側で鳴り響いたような盛大な鈴の音がした。

俺たちが来た階段をものすごい勢いで神輿が駆け上がってくる。狂ったような祭囃子《まつりばやし》と鈴の音。人間の声は何もしない。象徴を頂かないお神輿を担いだ白衣の男たちは頭巾《ずきん》で顔を隠し、何も言わずに一糸乱れぬ歩みで蔵を目指す。左右に避《よ》けた俺と宮木の間を祭りの集団が駆け抜けた。風が巻き上がり、ひとりの頭巾を口元まで捲《まく》る。固く引き締めた唇の端には細い刀傷があった。

祭囃子が唐突に途絶え、神輿が跡形もなく消えた。呆然《ぼうぜん》と立ち尽くす俺たちをよそに宮司が静かな声で呟《つぶや》いた。

「ああして、村の若い衆が神輿を担いでいたんでしょうね」

宮木が俺を見る。これも辻褄《つじつま》合わせの一環だ。神輿を担ぐのはこの村の若者の習いであるならば、神輿を担いでいれば間違いなく村人ということになる。白衣の男たちは戦場から神社を経由して返された若い兵士ではないだろうか。

「神社に還《かえ》った若者たちがこうして神輿を担ぐ者になったということですか?」

宮木の問いに宮司は否定も肯定もしない。

「わかりません。あくまで噂です。ただその頃から村で不可解なことが起こるようになったと噂で聞きます。うちうちで処理しているそうですから……」

俺は怯《おび》えきった友井一家を思い出す。村の人間はああして不可解な事件に見舞われたとき、どうしているのだろう。おそらく解決を図るはずだが、辻褄合わせの神がどうにかしてくれるならあれほど怯えるはずはない。村人の間で落とし所を見つけているのだろうか。例えば、犯人を見つけ出したことにする、などで。

「片岸さん、友井さんの家に戻りましょう」

俺は首肯を返す。神輿と白装束の男たちを呑み込んだ蔵の扉はぴったりと閉まっていた。これは神の試練か、もっとひどければ意趣返しだ。望んだものを返してやったのに不満だと言うならば、お前たちでより良い辻褄合わせをしてみろ、と。

三

神社を後にして人里へ降りてくると、既に陽は傾き始め、商店街の店々のシャッターに西日が反射していた。電線すれすれにぶら下がっていた提灯《ちょうちん》はもう片付けられている。

提灯を飾ったままだと祭りということになって、またあの神輿が来てしまうのだろうか。

ろくでもない想像を振り払って商店街を進むと、先ほどの靴屋が火かき棒のような長物でシャッターを下ろしているところだった。店主の老人は、俺と宮木を見ると半分まで下りたシャッターから身体を覗《のぞ》かせた。

「思いつきましたか？」

「何？」

思わず声が低くなる。遅れてやって来た客にもう閉店なんですよと言い聞かせるような、申し訳なさそうな笑顔で老人が繰り返した。

「そろそろ思いつきましたか？」

宮木が構わない方がいいというように首を振る。老人が下ろした残り半分のシャッターが苦笑をかき消した。点《つ》いている方が消えているより却《かえ》って寂しいような古ぼけた飲み屋の赤提灯が灯《とも》り出す。俺と宮木は足早に商店街を抜けた。路肩に寄せられていたおでんの屋台ももう消えていた。

住宅街に入ると、一歩進むごとに示し合わせたように俺たちの背後の家の明かりが灯った。やがて手入れの雑な椿の垣根と突き出した梅の木の枝が見えてくる。葉も花も落ちた太い枝の真下に、箒《ほうき》を手にした初老の女がいた。

「ここの家の方のお知り合い？」

田舎の人間らしい馴《な》れ馴《な》れしさで女が話しかけてくる。普段なら鬱陶《うっとう》しいところだが、不気味な謎かけをされた後では幾分か救われた。

「ええ、まあ……」

「ここの枝、切ってくれないかしらねえ。私なんか背が低いからいいんだけど、孫が仕事に行くとき毎朝ちょうど引っかかりそうになるのよ」

「それは危ないですね。伝えておきますね」

宮木が愛想よく返して庭木戸に手をかけたとき、女は箒を持ち直して呟いた。

「誰が切るのかしらねえ。ここの家の方でも、貴方《あなた》方でもいいんだけど……」

「ちゃんと切るように伝えておきますよ」

「ああ、枝の話じゃないのよ」

女は顔の前で手を振って、表情を打ち消した。

「そろそろ思いついたのかって」

戸にかけた宮木の手がピクリと跳ねる。俺は女を見返した。女の唇がすぼまり、横に広がって舌を小さく出す。う、で。

俺たちは逃げるように友井の家に飛び込んで扉を閉めた。

「片岸さん、思いついたかって、あれですか……」

「あの腕の辻褄合わせ、だろ」

宮木は沈鬱《ちんうつ》な表情で俯《うつむ》いた。玄関で息を整えてから顔を上げると、二階の階段から降りてくる途中だったこの家のひとり息子が見下ろしていた。陵は俺たちの様子から何かを悟ったのか、軽い足音を立てて階上へ駆け上がっていった。

「陵、挨拶《あいさつ》くらいしなさい」

暗い居間から顔を出した夫人が二階に向かって叱りつける。返事はない。夫人は眉《まゆ》を下げて俺たちに会釈すると、やっと居間の電球を点けた。

「息子が失礼をして……ごめんなさいね」

テーブルに座った俺たちの前に薄い陶器のカップが置かれ、ポットから紅茶が注がれる。湯気が全く立たず、ずっと前から淹《い》れ直していないのだろうと思った。案の定、紅茶は死人の肌のように冷たく、渋かった。

「遅くできた息子だから甘やかしすぎてしまったんです」

向かいに座る友井が音を立てて紅茶を啜《すす》った。

「お恥ずかしい話、私もそうだったんですよ。母がもう子どもは望めないと言われ続けて、諦《あきら》めた頃に授かったらしくてですね。母から叱られた記憶は一度もありません」

友井は照れたように笑いながらポロシャツの襟のボタンを外した。宮木の視線がその首元に注がれる。友井の首にはぐるりと一周、縄で絞められたような赤い痣《あざ》があった。

ここに来る前に聞いた伝承が脳裏をよぎる。継子《ままこ》殺しの母子は綿を吐いて死に、親に恵まれなかった子どもは子に恵まれなかった女のもとに生まれ変わった。

「友井さんのお母さんはどんな方なんですか？　お仕事とか」

宮木の唐突な問いに面食らいながら、彼はマグカップを置いて眉間《みけん》を掻《か》いた。

「静かであまり自分の話をしないひとでしたから……」

「でも、昔大きなお屋敷に勤めていたのよね？」

妻が口を挟み、夫が「どこまで本当だか」と笑う。

「そのお屋敷だってもうないしなあ。一家に不幸があったとか何とかで屋敷のご主人も逃げてしまったらしいし」

俺は何も知らない体で切り出す。

「そのお家《うち》の不幸というのは？」

「奥さんとお子さんが亡くなられたんです。普通の亡くなり方ではなかったようで。強盗じゃないかって話もありましたが……それはないと思いますよ」

強盗なら神が犯人を見過ごさない、とでも言う気か。友井はどこまで知っていてどこまで隠しているのだろう。

「事件だったならお母様はよくご無事でしたね。ああ、たまたまそのとき産休を取っていらっしゃったとか？」

宮木が尋ねると友井は少し考え込んだ。

「いや、それだと計算が合わないな。確かその事件は私が生まれる半年前ですから」

俺と宮木は同時に唾《つば》を呑《の》んだ。言い伝えでは女中が臨月で暇をもらったその日の事件ではなかったか。

「嫌な話ですからあまりみんなしたがらないんですよ。何でも母子は眠った後、口から綿を吐いて死んでいたらしい。よくない噂のある後妻でしたから因果応報なんて言うひともいましたがね」

友井は仕切り直しとばかりに音を立てて紅茶を飲み干す。この男の母である女は産休の最中ではなかった。女中なら母子の食事に睡眠薬を入れるなり、眠らせる術《すべ》はいくらでもある。屋敷を熟知しているなら証拠の隠滅も容易《たやす》かっただろう。我が子のように愛していた子どもを殺された女が恨みに思った犯行だとしたら――。

俺は冷めきった紅茶を見る。赤い表面に一筋の埃《ほこり》が浮いていた。友井の母親がひと殺しだと決めつけるのは短慮だろうが、もし仮にそうだとしたら、今の状況は遅れてきた因果応報ではないだろうか。ひとを殺して素知らぬ顔で辻褄《つじつま》を合わせた女が授かった子ども。その息子が、辻褄合わせの神に試されている。悪い想像は加速する。

「友井さん、先ほど見せてくださった……その……」

俺は物陰に寄せてある新聞紙の包みを指す。腕とは言わない方がいいだろう。友井が意図を汲《く》んで包みを俺に手渡す。セロハンテープで止め直した新聞紙を開くと、やはり一本の腕があった。肘《ひじ》のくぼみのくすんだ青痣も変色していない。死斑《しはん》ではないようだ。

「これの辻褄合わせ、か……」

呟《つぶや》いたとき、廊下で微《かす》かな足音がした。見ると、陵が玄関に屈《かが》んでサンダルを引き寄せているところだった。

「どうした？」

友井が首を伸ばす。

「大学の友だちから電話。何か用があって近くまで来てるんだって」

青年の細い背が磨《す》りガラスから突き抜ける夕陽に黒く縁取られる。扉が半分開いたとき、陵が外から何者かに腕を引かれて姿を消した。

「宮木、行くぞ！」

「友井さんたちは動かずに！」

俺たちは体でぶつかるように扉を開けて外に飛び出す。耳の中で鈴の音が炸裂《さくれつ》した。

家をぐるりと取り囲む椿の垣根の内側に、ひと回り狭い内円が広がっている。囲んでいるのは全てひとだ。エプロン姿の主婦から立っているのが不思議な歳格好の老人まで、村人たちが友井家の庭に入り込み、玄関を塞《ふさ》ぐひとの壁を作っていた。

「陵くん！」

宮木が叫ぶ。片足のサンダルが脱げた陵の肩を摑《つか》まえているのは、神輿《みこし》を担いでいた白装束の男衆だった。蒼白《そうはく》な青年の顔の中で赤い唇が震えている。

「何だよ、こいつら……」

異様な光景に混乱する頭をさらに掻き乱すように大音響の祭囃子《まつりばやし》が響く。高く低くなる笛の音に間断なく鳴らされる鼓の反響。村人たちは囃子に合わせて波のように揺れていた。白装束の男に肩を突き飛ばされた陵がたたらを踏んで立ち止まる。中央に押し出された彼に向けて村人が一斉に目を向けた。

祭囃子が止む。村人はくすくすと笑ってから、せーのと息を合わせた。

「そろそろ何か思いつきましたか？」

老若男女の合唱が響いた。陵は答えられずに震えるだけだ。

陵と同世代の青年が進み出、級友に語りかけるような声で言った。

「何も思いつかなかったんだ？」

その手には柄が赤く塗られた手斧《ちょうな》が握られていた。光を吸収する分厚い鉄の刃がゆっくりと振り上げられる。俺は村人たちを突き飛ばして駆け出し、斧《おの》をかざす青年の脇腹に肘を打ち込んだ。青年が重心を崩し、隣にいた陵を巻き込んで倒れる。石畳の上で跳ねた斧を主婦が素早く拾う。

「何やってんだ、逃げろ！」

陵が必死に青年の腹の下から這《は》い出した。怒鳴りながら村人の包囲網を見回す。一体どこに逃がせばいい？　止んでいた祭囃子がさらに盛大に鳴り響く。主婦が振り下ろした斧の刃が陵の脇を掠《かす》めた。彼は悲鳴を上げて顔を庇《かば》う。その腕には血が滲《にじ》み、先ほど強く引かれたときに痣になったのか、肘が青黒く染まっていた。

「宮木……」

俺は次の言葉を言うかどうか躊躇《ちゅうちょ》した。迷っている間にも斧の追撃が陵に迫っている。宮木の瞳孔《どうこう》がすっと細くなり、俺に背を向けた。

「陵くん」

宮木に右肩を掴《つか》まれた陵が不安げに顔を上げる。宮木の方の表情は見えない。彼女の言葉は、俺が止める間もないほど短かった。

「ごめんね」

宮木が陵の肩を両手で押した。上体を宙に浮かせた彼の向こうから、振り下ろされる斧の銀の軌道が見える。鮮血が弧を描き、伸びすぎた枝を伐採するように切断された一本の腕が飛んだ。赤い半円が夕空に線を引く間、立ち尽くしていた村人が合掌の形に、ゆっくりとゆっくりと手を胸元にやるのが見えた。倒れていた青年も起き上がり、主婦も斧を捨てる。それから拍手の音が響いた。村人が微笑を浮かべて拍手をする。腕を切り落とされた陵と、立ち尽くす俺と宮木をよそに、盛大に。

白装束の集団は加わることなくしばらく見守ると、均整の取れた動きで踵《きびす》を返し、庭の生垣から出て行った。村人たちも拍手を止め、軍隊の行進のように背を向けてぞろぞろと帰っていく。消えた祭囃子に代わってあまりに早すぎる救急車とパトカーのサイレンが聞こえ出し、夕陽より赤いランプの光が庭を染めた。

「大変でしたね、息子さんが……」

「手元が狂ったなんて、怖いわねえ」

「とにかくご両親は気をしっかり持ってください」

「変な話、命まで取られずに済んだのは不幸中の幸いでしたよ」

「ええ、これが腕じゃなく胸や頭《あたま》だったらもう……」

狭い病院のロビーには暖房の淀んだ空気と村人たちの世間話が充満している。俺と宮木はガラス一枚隔てた外の駐車場にいた。

「陵の命に別状はないそうだ。切れた腕も手術で繋《つな》がるらしい……」

「よかったです……」

忙《せわ》しなく院内を走り回る看護師と、ウレタンの出た長椅子を囲んで友井夫妻を励ます村人は、ここから見ているとミニチュアの病院に押し込めた人形のようだ。

「神、空にしろしめす。なべて世は事もなし、か」

「それ、誰の言葉でしたっけ」

「ロバート・ブラウニング。どの詩に出てくるのかは読んでないから知らん」

宮木が無理に笑おうとする横顔がガラスに反射した。

「宮木」

「はい」

「言うべきじゃねえんだろうが、よくやった」

作り笑いが驚きに変わり、呆《あき》れた笑顔に変わった。辻褄合わせの神の試練への解答は、陵が肘に痣《あざ》を作る前から薄々浮かんではいた。庭に腕がかかっていたという事実に犯人を作らず説明をつけるなら、事故か何かで家人が失ったものということにするのが一番穏当だ。加えて、ここの神は失《な》くした物を元の場所に戻す神だ。陵が庭で腕を失い、庭で取り戻す。過程と結果が逆になるが、それは後で辻褄を合わせればいい。それが一番被害の少ない解答に思えた。それをする度胸が俺にはなく、宮木にはあったという話だ。

「付け焼き刃の辻褄合わせでしかないけどな……」

「ここの神がやってることも似たようなものですよ。本来はそんなことできる神じゃないんでしょう」

宮木は肩を竦《すく》めた。

「辻褄合わせとわかってしまうものなんて大したものじゃないんです。本当にやってしまえるものなら、誰も辻褄を合わされたことなんか気づかず、元からそうだったと思い込まされているはずですから」

俺は白い横顔を見たが、言葉はそれ以上返ってこなかった。

「そうかもな……そういうことができる神もいる」

実際、俺が追っているのはそのくらい強大な神かもしれない。仕事をこなすうちに、だんだんとそいつに近づいてきていた。ここに来る前に目を通した、次回の案件に関する投書が頭を過《よぎ》った。それがひとつの勝負どころだろう。

俺は隣にいる宮木ではなく、ガラスの中に映っている方と目を合わせた。こいつにそろそろ俺がこの仕事を始めた理由について話さなければならないだろう。つまり、ほんのいっとき俺の妻だった女の話を。

「まあ、でも、とりあえず……今日は帰って何にも考えないで寝てえな……」

光に満ちたロビーの様子に溶け込む虚像の宮木が頷《うなず》き、そうですねと唇が動いた。

こどくな神

RYOU-KAI-SHIN-PAN

There are incomprehensible
gods in this world who cannot be called
good or evil.

序

俺は正直、あまり自分をいい人間だとは思わない。

事件のニュースを見ても被害者に同情したことはほとんどないし、泣いたり騒いだりしている人間を見てもその時間を使って根本の問題を解決すればいいのに、と思う。俺と違ってまともな良心や良識を持って生まれたらしい妹の実咲は「兄さんにはわからないよ」とよく笑っていた。

俺のような人間と接するとき、大抵の人間は嫌悪か忌避か、自分は真っ当でよかったという安堵《あんど》と優越感を滲《にじ》ませる。だが、妹からは出来の悪い子どもに向けるような同情を感じた。俺自身は別に気にしたことはない。生まれつき腕や目がない人間がいるように、精神の方の何かが欠けた人間もたまに生まれるんだろう。だが、どうもそれだけではないということを知ったのはいつだっただろうか。

法事か何かで親戚《しんせき》が皆集まったとき、子どもたちだけ集められたことがあった。誰の家かは覚えていないが、白い砂利が敷き詰められた枯山水のような庭に一羽の白い鳥がいたのだけは覚えている。大人のひとりが、当時の俺たちには大きく重たすぎる包丁を手渡して、あの鳥を殺せと言った。俺は率先してやる理由もなかったから、鳥が玉砂利を啄《ついば》むのを眺めていた。子どもたちの中には逃げ出そうとしたり、怯《おび》えて隠れる者もいた。妹は俺の袖《そで》に縋《すが》って激しく泣き出した。この状況は早く切り上げた方がいいと思った。鶏は食うのにこの鳥を殺さないのは道理が通らないとも思った。だから、俺は包丁を受け取って、鳥を殺した。白い砂利に赤が散って、丸く艶《つや》のある表面を血が伝い落ち、その下の土を濡《ぬ》らした。より一層妹が泣き出した。

その後、親戚のひとりに、血塗《ちまみ》れの手を手拭《てぬぐ》いで包まれながら聞いた話がある。

この土地には時折俺のように思いやりを欠いた人間が生まれる。それは悪いことではない。他の人間より神に近い心を持っている証左だからだ。神は人間を見守りはするが、我が事のようにその不幸を嘆き悲しむものではない。この村の守り神はたったひとりで悠久の時を過ごす孤独な存在だ。それに寄り添える人間が必要だから、村ではその素養がある者どうしで子を生《な》し続けているのだ。そういう話だった。

俺はそれを聞いて、大人になったらすぐ妹を連れてこの村を出ようと思った。実際にそうした。俺は元々結婚をする気はなかったが、妹にはそういった願望があったらしい。妹から大学で恋人ができた、近いうちに会ってほしいと言われたとき、俺は村の大人に言われたことを思い出した。

俺の故郷の村では近親交配に近いことが行われていたらしい。妹自身は真っ当でも、脈々と受け継がれたその因子がその子どもに影響しないと言い切れるだろうか。今にして思えば、事実を確かめるためと嘯《うそぶ》きつつ、そうではないと確かめたかっただけだろう。俺は半年ぶりに東京から故郷に帰った。

駅からしばらく歩いて村の小さな沼地まで辿《たど》り着いたとき、ひと組の男女と会った。女の方が俺に話しかけてきた。俺自身は覚えていなかったが、女は親戚の集まりに参加していた子どものひとりだったらしい。連れの男は婚約者で、これから両親への挨拶《あいさつ》に行くところだと言った。にこやかに談笑するふたりを見ていると、俺がここに来たのは無駄だったように感じた。だが、歓談の声に混じって重い砂袋を引きずるような音がずっと響いていたのが気にかかった。俺がふと沼の方に視線をやると、水面がとぐろを巻いていた。巨大な蛇が沼をかき混ぜたように、土と枯葉で濁った水に波紋が同心円状に広がっている。その中央に俺は、ひとの顔を見た気がした。

振り返ると、男の方は腰を抜かして地面に座り込んでいた。女は先ほどまでの笑顔を打ち消して、ゴミでも見るように婚約者を見下ろすと、冷たく呟《つぶや》いた。

「神社の息子でも駄目だったか」

女は男を置いて沼地を囲う藪《やぶ》の中に進むと見えなくなった。水面の渦は嘘のように消えていた。俺はその後誰とも話さず、東京へ戻った。

妹の結婚を止めておけばよかったと今でも思うことがある。ただ何と説明すればいいかわからなかった。

妹が家に連れてきた男と笑い合うのを見たとき、このふたりならば大丈夫ではないかと、自分に言い聞かせてしまった。

結果、妹は二度と帰らなくなり、妹の夫はそれを悔いて人生を捻《ね》じ曲げてしまった。片岸は妹を奪った神を探しているのだろう。だから、危険なこの仕事を続けている。神に関わるなんて真似をするのは、俺のような人でなしだけでよかったというのに。

一

鼻が欠けた小さな地蔵像の隣に据え置かれた石の鉢から清水が湧き出ていた。ひびの間から染み出す水は石の黒さを映して、水自体も血のように淀《よど》んでいるように見える。後ろの藪にもたれかかるように立てかけた木の看板には「清めの水」と書かれていた。

「胡散《うさん》くせえな……」

煙草を片手に呟くと、宮木が窘《たしな》めるように苦笑した。俺たちは目的の村まで続く沢の途中にいた。俺たちに仕事が回ってきた時点で、ここの水に清めの力などある訳がない。

「まあまあ。どうもただの眉唾物《まゆつばもの》ではないようですよ。ほら、村でコレラや日本脳炎などの疫病が流行《はや》ったとき、他の村と繋《つな》がる川などの水源が汚染されていると考えた村人は、度々湧き水に頼ってきたと書いてあります」

「自分の村さえ無事なら他はどうでもいいってか」

宮木が困ったような表情を作るのがわかる。今不機嫌になったところで宮木が苦労するだけだ。俺は長く煙を吐いて気を鎮めてから、緩やかな傾斜になっている沢を見た。

天然の石垣には滑落防止用のネットがかけられている。申し訳程度の舗装をされた道は苔《こけ》で緑色だ。こんなところで足を滑らせたら一週間は死体が見つからないだろうと思う。

「片岸さんはこの村に来たことがあるんですか?」

宮木は何が面白いのか看板をまじまじと眺めながら尋ねた。

「ねえよ。何でだ?」

「本当は今回の案件の依頼は六原さんのところに来ていたんでしょう? それを途中で握りつぶして来るなんて。何か思うところがあったのかと」

俺はジャケットに隠した手紙を文字通り握りつぶした。宮木は振り返って俺を見る。

「片岸さん。じゃあ、関係ないこと聞いてもいいですか」

「何だ」

「六原さんのこと義兄って呼んでますけど、血の繋がらない自分の兄のことですか、奥さんの兄のことですか」

「関係なくねえじゃねえか。嫁の兄貴のことだよ。俺が昔結婚してた実咲って女の兄が六原で、今来てるこの村が六原兄妹《きょうだい》の生まれ故郷だ」

俺は携帯灰皿に吸殻をねじ込んだ。宮木が小さく目を見開いた。

仄暗《ほのぐら》い沢を抜けると、一気に広くなった道路の脇に錆《さ》びたバス停の看板と、古いアイスのショーケースをそのまま大きくしたようなガラス張りの売店があった。

「とりあえず、聞き込みから始めてみるか」

宮木は大人しく同意を示した。俺に気を遣ってか、実咲についてはそれ以上問い質《ただ》されなかった。俺から話すべきだと思いつつ、上手《うま》くまとまらなかった。

重いガラス戸を押すと、暖房から吹き出す埃《ほこり》くさい温風がむっと広がる。土気色の肌の店主がカウンターの中から俺たちを見た。レジの横には食べかけのチョコレートバーと鹿か何かの角の欠片《かけら》が置いてある。

「すみません。自治体から調査に参った者で……」

「やっと来てくれたのか！」

パイプ椅子を蹴倒《けたお》して立ち上がった店主の勢いに面食らう。

「真面目に聞いてくれる奴もいたんだな、よかった！　みんな俺の見間違いだっていうんだ！」

店主は交互に俺と宮木の手を奪って握手すると安堵の息をついた。

「ええっと、あの、何の話か詳しく伺っていいですか？」

宮木が背にやった手の平をこっそりとジャケットの布地で拭《ふ》いた。店主は戸惑いと失望半々の顔をした。

「沼地に住んでる大蛇の調査じゃないのか？」

「大蛇？」

俺と宮木は同時にお互いを見て、同時に自分は知らないと首を振った。

「沼の水が全部波打つようなデッカい蛇が住んでるんだよ！　バシャーンって音立ててたまに浮かんで来るんだ。姿は見たことないがたまに水面がトグロを巻いてるからわかる、ほら見ろ！」

店主はネルシャツの袖をまくって腕を見せた。土気色の腕があるだけだ。

「思い出しただけで鳥肌が立ってるだろ。実際に見た奴じゃなきゃこうはならない」

真剣に身震いをする店主にこちらの呆《あき》れを気取られないよう、俺たちは早々に切り上げて店を出た。


太陽に薄くかかった雲のせいか全ての彩度が一段と低く見える屋外に出ると、バス停の前に四十代くらいの主婦が立っていた。

「あら、本当に蛇の調査に来たの？」

「違います」

主婦は俺たちを爪先《つまさき》から頭まで眺めた。

「ならいいけど。あそこの店主は馬鹿なのよ。臆病《おくびょう》なの。あれと同級生だったけど、子どもの頃藪で蛇に嚙《か》まれてからホースを見たってマムシと間違えて飛び上がるくらいなんだから」

俺は店の入り口にある、新品のようにきっちりと巻かれたゴムホースを見た。

「それより沢に出る毒虫を何とかしてほしいわ。見たことない黄色とか黒とかのがいるんだから。刺される前に専門のひとを呼んでくれないと」

女の言葉を遮るようにファンベルトの緩んだ大型車の走行音がして、バスの長い胴体が滑り込んできた。俺たちは一番後ろの椅子に座る。車内には俺たちと主婦以外誰もいない。シートの奥の硬い金属の感触を感じたそばから、宮木が冗談めかして言った。

「奥さんの家の害虫駆除に私を連れてきたんですか？」

「そんな訳あるか。だいたい嫁はもういねえよ。失踪中だ」

言ってからしまったと思うが、宮木の何とも言えない表情に手遅れだったと気づく。

「何か、すみません……」

「いや、今のは俺が悪かった」

バスが動き出し、地面の凹凸が足にまで振動として伝わってきた。次のバス停までのアナウンスすらなく、ガタガタと車体が揺れる音だけが響く。

「もしかしたらとは思ってたんですが……やっぱりそうだったんですね」

奥さんのこと、と宮木が付け加える。

「ああ……」

俺は急な坂道と鬱蒼《うっそう》とした木々だけが斜め後ろへ流れていく窓の外を眺めながら、シートに頭を預けた。

「実咲とは大学の民俗学サークルで知り合ったんだ。そのまま卒業後に結婚した」

「理想の恋愛結婚じゃないですか」

宮木が敢《あ》えて軽口を叩《たた》いた。俺も笑ったような声を作る。

「お互いろくな出会いがなかっただけだ……結婚の前、家族は兄しかいないと言われた。実家の親戚《しんせき》回りの挨拶《あいさつ》も墓参りも行くって話が出たことはなかった。俺も嫌な思い出があるんだろうと思って踏み込まなかった」

車窓に映る俺の眉間《みけん》に深いシワが刻まれていて、指で押し隠すように額に手をやった。

「後から六原に聞いた話だが、ここにはどうも妙な守り神とそれにまつわる信仰があったらしい」

「領怪神犯ですか？」

宮木が声を低くした。俺は首を振る。

「どうかはわからねえが、どうも神がかり……今で言えば精神疾患とかそういう病気の人間を敢えて作るために近親交配をしていたらしい。田舎じゃ稀《まれ》に聞く話だな」

「それは確かに……帰りたくなくなる地元ですね……でも、現代までそれが？」

俺はジャケットに手を入れてくしゃくしゃになった手紙を出した。差出人どころか消印もない。どうやってこれが役所まで届いたのだろう。破れた封筒から紙を引きずり出すと、隣の宮木が覗《のぞ》き込む。小さく息を呑む音が聞こえた。

破れた罫線《けいせん》ノートには、鉛筆で何度も書き直した字の羅列がある。定規を当てて書いたような直線の文字だ。筆圧が強く、途中で鉛筆が折れた痕《あと》まである。

〝おねえさん　来てください。ひとりだけいってしまうのは　ズルいです。ひどいです。まってるひと　こどく　です。かみサマもこどくです。出してあげたいです。一から十までそろわないと。ダメです。来てください〟

末尾にこの村の名前が書かれていた。

「何ですか、この手紙は。子どもが書いたんでしょうか……」

「さあな」

俺は紙を畳み直して封筒にねじ込んだ。

「ろくでもない信仰が現代まで生きてるかもしれないってことだ。とにかく村に入って見なきゃわからねえ」

「ここの神が奥さんの失踪《しっそう》に関わっているかもしれないですしね」

「ああ……いや、確証はないが、とにかくここを何とかしなきゃ先に進めない気がする」

バスのアナウンスが終点を告げる。電光掲示板に郷土資料館の文字が現れた。終点だと言われているのに止まりますのボタンを慌てて押した自分に気づく。バスが停車し、俺は平静を装って宮木より先に席を立った。

広い道の先に矢印の標識がふたつある。ひとつは湿地、もうひとつは郷土資料館だ。

片側の道に視線をやると、「九原《くはら》郷土資料館まで五十メートル」と立て看板があった。

「九原、か……」

一から十まで揃わないと。俺は手紙の中の文を復唱して、折れた道へ足を進めた。

資料館というより刑務所のような雰囲気だった。金属の囲いの間の一部分に抜け道があり、開館中と書かれた札が下げてある。敷地の中は開館時間とは思えないほど閑散としていた。やる気のない公営の資料館らしく、少しだけ気が抜けた。

「やる気がないですねえ……」

宮木も同じ思いだったのか、呆れ笑いで呟《つぶや》く。

「土地が余って余って仕方ねえから作ったって感じだな」

中に入ると、野球でもできそうなほどの原っぱに、説明書きも何もない屋根の低い建物が点在している。驚くことに無人ではなく、宿題のために来たのか、子連れの夫婦が二、三組、建物を出入りしたり、隅のベンチに腰掛けたりしていた。

中央の少し土が盛り上がった部分には木の像があり、この資料館の設立者、九原何某《なにがし》だという。陰鬱《いんうつ》な痩《や》せた顔は六原にも少し似ていた。近親婚など狭い村では珍しいことではないだろうとわかりつつ、腹の底で不快感がざらついた。

奥の建物から眼鏡をかけた少年が母親に手を引かれて出てきた。お化け屋敷から出てきたような硬い表情だ。案内図には「防疫・病との付き合い方」と記されていた。

俺たちは建物に向かった。

自動ドアを抜けると、建物の受付には誰もいない。極限まで明度を落とした照明が、渋茶色の壁や天井にぼんやりと反射している。まるで地下牢《ちかろう》だ。

「暗いですね、節約でしょうか」

「税金で運営してるだろうからな」

言いながら顔を横に向けると、目の前に現れた黒と赤の筆で書かれた般若《はんにゃ》の顔と向き合う形になってギョッとする。壁一面に病的に痩せた虎や女の顔のついた大蛇の絵が貼られている。

「公営のお化け屋敷か、ここは」

うんざりしてぼやくと、宮木がくすくすと笑った。

「どうもこの村では疫病を化け物に見立てて絵に記していたようですね。ほら、ここ」

細い指が指した蛇の絵の注釈に水疱《すいほう》や発熱の文字がある。虎は虎列刺とも書くコレラだろうか。

「ソ連風邪までありますよ。こんな日本の奥地まで流行《はや》ったんですかね」

「あの国は防疫に関してはしっかりしてそうだけどな」

順番に絵を眺めながら歩くが、不気味なだけでこれといった収穫はない。いつの間にか俺を追い越していた宮木が奥にある黒い暖簾《のれん》を潜り、小さく悲鳴を上げた。

「どうした？」

暖簾を撥《は》ね除《の》けると宮木の肩越しに半裸の老人がいた。

「すみません、いや、こんなものまであると思わなくて……」

暗闇に目が慣れてくると、老人は本物と見まごうような人形だった。痩せこけた上半身も露《あら》わに胡座《あぐら》をかいた人形の前には、天井まで届くような赤い柵《さく》がある。白濁した目には格子を透かして突き抜けるような鋭い光が宿っていた。

「座敷牢《ざしきろう》か……？」

答えるようにスピーカーからノイズが聞こえ、擦り切れたテープの音声が流れ出す。

「明治まではこのように心を病んだひとを……閉じ込めておく風習が各地にありましたが……村では……神がかりのひととして丁重に扱う……ひとつの結界としての……役割を……」

俺はスピーカーの網目を睨《にら》む。音声はそこで途切れた。

「不気味な展示ですね」

宮木に返事をするのも忘れて俺は座敷牢の人形を見た。ガラスを埋め込まれた眼窩《がんか》からは鈍い光が返るだけだ。この村も異形の神と異常な信仰がある。俺はそう確信した。

建物を出て緩い日差しと冷たい空気に息をついたとき、背中に軽いものがぶつかった。足元に丸めたメモ用紙が転がる。拾い上げてから顔を上げると、遠くにいた少年か少女かわからない短髪の子どもが手を投擲《とうてき》したままの形に差し出していた。

「クソジャリが」

宮木が苦笑する間に子どもは逃げ出した。俺は手の中の紙を広げ、下手くそな文字に釘付《くぎづ》けになる。

〝来てくれてありがとう。でももっと来てください。おねえさんたすけてください。もうすぐです。こどくです。五〟

漢数字はメモの下半分を使って大きく書かれていた。宮木が子どもが消えた方を睨んで目を細める。俺は手紙と同じポケットにメモをねじ込んだ。罠だろうが何だろうか、行くしかない。

二

この辺に五原《いつはら》さんのお宅はありますか。

資料館で見かけた母子にそう尋ねると、あっさりと山道をさらに登った先の森林を示した。ここから先はバスもない。俺と宮木は、木の葉が擦れ合う音か、カラスの鳴き声かもわからないざわめきが頭上を覆う山道を歩いていた。

「片岸さん。さっきの親子と話してるとき、気づきました？　お子さんのランドセルに三原《みつはら》って名札がついてました」

「ああ、たぶんこの村には一原《いちはら》から十原《とはら》までいるんだろ」

「手紙の『一から十まで』と、メモの『五』って数字はそれぞれ村の一族を指しているんでしょうか」

「だろうな。だから、五原って奴のところに行けばいい」

「絶対に何かしらよくないことが待ってますよ……行かない方がいいんじゃないですか」

宮木が大きく息を吐いたのは傾斜の激しい道のせいだけではなさそうだ。俺は足を止め、息を整えてから宮木を見た。

「宮木、お前はもう来なくていい」

「何言い出すんですか」

細い眉《まゆ》が八の字に曲がる。

「今回の調査はほとんど俺の私情だ。お前まで巻き込まれる必要ねえよ」

スーツの裏地に染み込んだ汗が冷えて背に貼りつくのが不快だった。

「それに、経験から思うにこの村は調査ですって言ってはいそうですかって通してくれるとは思えねえ。この先は公務員じゃなく六原家の婿って立場を使う。嫁も連れて来ないで別の女と来るのはおかしいだろ」

「……妹ってことでいいじゃないですか」

「全然似てねえよ」

笑おうと思ったが上手《うま》くいかなかった。宮木は眉と一緒に唇も曲げてしばらく考える仕草をしたが、真面目な顔に戻って手を打った。

「やっぱり、私も行きます」

「話聞いてなかったのか」

「私も領怪神犯に思うところがあるんですよ。知れることは少しでも知りたいです」

「思うところって？」

「私が片岸さんの部下になる前の話です」

宮木の顔には拒絶というより諦《あきら》めに近い色があった。たぶん、実咲の話をするときの俺と同じ顔だ。どうせ言ってもわからないと思っている。

「それに、そんな青息吐息の片岸さんをひとりで行かせられませんよ。ただの地縛霊にもとり殺されそうじゃないですか」

俺はいつの間にか額にも頬にも浮いていた汗を拭《ぬぐ》って溜息《ためいき》をついた。

「息切れしてんのは喫煙者だからだ。坂がキツい」

「禁煙してくださいよ」

俺たちは気の抜けた笑いを交わして再び山道を歩き出した。

ふと気づくと、木々しかなかった道のりにトラックの轍《わだち》が刻まれていた。幾分か緩やかになった斜面の両端に、背の高い生垣や石垣で囲まれた日本家屋が並んでいる。排他的な印象だった。俺は蛇行する坂道に連なる家の数を数えた。十だ。

どこかの家で番犬が狂ったように鳴き、鶏の声が重なる。軽自動車が通るのがやっとなほどの狭い道をミニトラックがガタつきながら降りてきて、俺と宮木は塀にへばりついて避《よ》けた。排ガスに噎《む》せ返っていると、上から視線を感じた。

坂の上の家から、色白な三十程度の女が見下ろしている。切れ長の瞳《ひとみ》と病的な肌は、六原や記憶の中の実咲に似ていた。狼狽《うろた》えていると、湿気た木の表札が目に入る。

「五原さんのお宅で……？」

女は怪訝《けげん》な視線を返した。

「私……六原の婿養子に入った者です。ご挨拶《あいさつ》に……」

頭の中で言葉を組み立てている間に、女は幸薄そうな目元を歪《ゆが》めて微笑んだ。

「そうですか、それはそれは」

どうぞと促され、俺たちは駐車スペースだけアスファルトで舗装した庭に通される。

いくら人口の少ない村とはいえ家族でもないのにこんなに簡単に通すだろうか。ふと、六原の言葉が正しければ村民全員親戚《しんせき》のようなものかもしれないと思い、俺はかぶりを振った。庭には枯れたかすみ草と雑草がまばらに生えていた。

「そちらの方は？」

五原は引き戸に手をかけて宮木を見る。

「妹です」

一礼した宮木に微笑を返して彼女は戸を開けた。日めくりカレンダーと木彫りの置物が並ぶ玄関は田舎の家らしく広い。

「大変だったでしょう」

「ええ、妻が急に体調を崩しまして……初めて来るので少し迷いましたが……」

「そうじゃなくて、六原さんのお家《うち》はもうないでしょう？　ご両親も亡くなって、親戚もほとんど一家断絶ですから」

冷たい響きの言葉に俺は息を吞《の》む。実咲の両親が他界したのは聞いていたが、親戚のことは知らなかった。

「ええ。まあ……」

五原は明かりをつけて淡々と進んだ。障子の奥が薄暗く光る部屋の並ぶ廊下をいくつも抜け、客間らしい畳張りの部屋に突き当たる。暖房はついていたが、広いせいか底冷えする空気が部屋の隅に漂っていた。

「うちのひとは出ていますけど、じき戻りますからゆっくりなさって。妹さんもね」

「私までそんな」

手を振って固辞する宮木に五原は座布団を勧める。

「もう貴女《あなた》も家族だもの。それに、今年はうちの家が当番ですからおもてなしさせてくださいな」

「当番？」

五原は俺たちを座らせると、向かい合って正座し、細い目を更に細めた。

「本当にもう駄目かと思っていたんですよ。六原が断絶して我々が揃わなかったらどうしようかと。でも、貴方方《あなた》が家族になってくださったからまた存続できる。本当に助かりました」

いくつもの羽音がして、女の肩の奥で格子状に区切られた障子に鳥の影が黒く映った。

「妻から詳しく聞いていないんですが……ここには一原から十原までの家があるとか」

「ええ。我々は疫病や災害で何度も危なくなったとき、皆で団結して守ってきました。

誰も欠かせない家族のようなものです。麓《ふもと》には余所者《よそもの》が入ってきましたが、我々一族とは別ですから」

五原の、刀で切れ込みを入れたような瞳には光がない。答えに窮していると玄関の引き戸が開く音がしてけたたましい足音が聞こえた。

「あら、失礼」

女は音もなく立ち上がると襖《ふすま》を開けて身を乗り出した。

「聖《しょう》くん、ただいまくらい言いなさい」

廊下の奥からぎょろりとした眼光が返り、痩せぎすの子どもが顔を覗《のぞ》かせた。資料館で俺にメモを投げた子どもだ。子どもは一瞬俺を見ると、ぱたぱたと奥へ消えていった。

「お子さんですか」

「妾《めかけ》の子です。私は子宝に恵まれなかったので」

ぴしゃりと放たれた言葉に俺はそれ以上返せない。

「変わった子ですよ。十歳にもなってろくに喋《しゃべ》れもしない」

五原は襖を閉めると、能面の笑みで俺たちを見下ろした。

「空気が籠《こも》るでしょう。そちら、開けますね」

女が部屋を横切って障子を開けると、縁側に枯れ草だけが茂る庭が広がった。倒れた草の根を啄《ついば》むカラスがくるりと首を向けて逃げるように飛び立つ。黒々とした翼の向こうに石で固めた歪《いびつ》な井戸があった。

五原は屈《かが》んでカラスの羽を拾ってから井戸の方へ向かっていく。俺と宮木は縁側の下にあった雪駄《せった》をつっかけて後をついていった。

「ここは井戸水が湧くんですね」

宮木が言ったそばから、五原は濡《ぬ》れた羽を井戸に捨てた。

「井戸は枯れていますよ。ここは悪いものを捨てる場所」

女は嫣然《えんぜん》と笑う。羽は雨垂れで汚れてひび割れた石の中に消えた。

「村の湧き水はもっと上流から流れてきます。ほら、あそこに沼地があるでしょう」

五原の指の先に目を凝らす。

「麓のひとは害獣だか害虫だかが出るというけど、嘘ですよ。綺麗《きれい》なところです」

密集した木の幹の間にわずかに鏡面のような光が覗いていた。

「せっかくだしご覧になってきます？　この家にいてもつまらないでしょう。お戻りになるまでにはお食事の準備をしておきますから」

「いや、そんな……」

目を逸《そ》らすと、逆光を受けて黒い壁のようになった家の二階の人影と目が合った。先ほどの子どもだ。ベランダからガラス玉のような目玉をギョロつかせて俺を見下ろしている。子どもはそよぐ洗濯物の後ろに隠れてすぐいなくなった。俺に倣ってベランダを見上げていた宮木は視線を地上に戻し、乾いた井戸を一瞬見やった。

「兄さん、せっかくだし沼地まで行ってみる？」

順応の早い奴だと思いつつ、記憶の中の実咲が六原を呼ぶ声と重なって、俺は曖昧《あいまい》に頷《うなず》いた。


家の裏手から抜け、細い木の枝に頬や服の袖《そで》を引っ掻《か》かれながら進むと、葦《あし》に囲まれた沼があった。舗装などされていない道にいくつか水溜《みずた》まりがあり、徐々に地面が水に変わる。注意しなければ足を取られて沈み込みそうだ。

沼地の中央には倒れた大木が墓標のように突き立っていた。

「戦前のままみたいな村だよな……」

「一次ですか、二次ですか、三次ですか？」

「そのわかりにくいボケはもういいよ」

「ボケた訳じゃないんですけどね」

宮木は妙なことを言って肩を竦《すく》める。冷気が白い蒸気となって水面を漂っていた。

「麓の村人が言っていた毒虫や大蛇は見当たらないですね」

「村人の勘違いかもな。証言もまとまらねえし」

「それに、私たちまだここの神の姿を見てません」

俺は乾いた唇を舐《な》める。守り神という漠然とした輪郭以外、信仰の全貌《ぜんぼう》が摑《つか》めない。

「まだ何かしらあるんだろうな」

「五原家にも、ですね。あの家の子……」

「メモを投げてきたガキだろ」

「もうひとりいますよ」

俺は思わず宮木を見返す。

「聖くんってことは男の子でしょう。子に恵まれなくてお妾さんの子を引き取ったっていう。なのに、ベランダには女児用の服や靴が干してありました」

俺は言葉を失ってただ沼地を眺めた。

一から十までの名を持つ一族。麓の村人との断絶。神聖な湧き水と汚れたものを捨てる井戸。考えを巡らせるが上手くまとまらない。こんな村で実咲は育ったのか。

結婚したとき、何気なく彼女が「やっと私にも帰れる場所ができた」と言った。

そのとき詳しく聞いていれば別の道があったのかと今でも思う。だが、あのときは聞いたら実咲がいなくなりそうな気がした。

ふと、沼地に細い影がよぎった。枯れた葦の間に差し込んだように白い肌が見える。剝《む》き出しの膝《ひざ》に薄く残った痣《あざ》、腿《もも》の辺りで所在なげに下ろした手指の細さ。恐ろしいと同時にひどく懐かしく感じた。見るなと念じながら視線は無意識に上を目指している。折れそうな細い首がもたげられ、こちらを向く。

「片岸さん？」

宮木の声に弾《はじ》かれて顔を上げると誰もいない。泥を浮かべた水面に映る狭い空は赤い雲が千切れながら流れていた。

「何でもない。そろそろ戻るか」

俺は首を振って、ぬかるむ泥道を踏んだ。

日はほとんど落ちかけて辺りは薄暗い。蜘蛛《くも》の巣のように張った枝の間から闇が染み出すようだ。それに合わせて村人たちの声が漏れる。家々が密集しているとはいえ声の数が多い気がした。宮木に手を貸しながら五原家に続く傾斜を上がり、裏口の戸を開けたとき、俺たちは絶句した。闇に包まれた五原家の庭に家の影すら見えないほどのひとが密集していた。村人が一斉に俺たちを見る。

「お帰りなさい、六原さん」

焚《た》かれた篝火《かがりび》の照り返しを受けた村人の顔は、橙《だいだい》の絵の具を塗った粘土の人形のようだ。皆、細面で生気のないどこか似た顔をしている。

「何ですかこれは……」

今来た裏道を盗み見たが、すぐ背後に回った村人に退路を塞《ふさ》がれた。後ろの村人に押し出され、俺と宮木は前へ前へと誘導される。

「六原さんが戻ってきたと聞いて、一原から十原まで全員集まったんですよ」

鷹揚《おうよう》に頷く五原に一同が頷く。

「急で驚きましたがおふたりともしっかりした方でよかった」

「ねえ、麓の腑《ふ》抜《ぬ》けたひとたちとは大違い」

さざ波のように笑いが伝播《でんぱ》し、五原が手をかざすと強烈な光が目を焼いた。

「あら、ごめんなさい」

女がくすくすと笑って光を仕舞う。その手元にスイッチを切った懐中電灯があった。五原は俺にそれを手渡し、しっかりと握らせる。

「妹さんもあった方がいいかしら。ひとつで足ります？」

「何をさせる気ですか」

語気を強めた宮木に五原は笑って首を振った。前を塞いでいた村人が左右に割れる。目の前に石を積み上げただけの井戸がある。昼間見た場所からぐるりと裏に回り、塀に隣接した方まで誘導されていたらしい。

庭先からではわからなかったが、井戸の裏側には四角い金属の板が地面に埋め込まれている。村の男が踏むと、跳ね上げ扉だったらしい板が口を開ける。中から埃《ほこり》と鉄錆《てつさび》の匂いが漂った。

「家族になるために、ここに入って見てきてほしいんです」

五原が扉を全開にして、どうぞと手で指す。

「何を……」

「我々の守り神です」

横目で見た宮木の横顔が強張《こわば》る。

「安心してください、麓《ふもと》のひとと違っておふたりなら大丈夫ですよ。我々は皆、ごくな神の寂しさをひととき紛らわせてあげるんです」

空洞じみた黒い目を細める五原の足元に、あの子どもが縋《すが》って俺を見つめていた。

「どうします……」

小声で宮木が囁《ささや》く。この数の村人を突破する方法はない。それに、入らないことには実体がわからない。

「行くぞ」

俺は懐中電灯のスイッチを押し上げた。

同じ微笑みを浮かべる村人たちに背を向け、俺は錆びついた鉄の枠に足を伸ばす。

懐中電灯を向けると、光の帯の中に階段が広がっていた。俺たちが完全に地下に入ったのを見計らって扉が閉じられた。

「これちゃんと開けてもらえるんですよね？」

「そう願うしかねえよ」

宮木の声と足音だけが響いた。地下は思ったより広いらしく、懐中電灯を向けても闇が浮き上がるばかりで壁に当たらない。

階段が終わり、靴底が土でできた床を踏んだとき、何かを引きずるような音がした。

背後を照らすと木製の檻《おり》があった。奥に闇が濃淡の層を成している。違う、とぐろだ。

幾重にもとぐろを巻いた何かがいる。それと同時に地を這《は》いずる音や羽ばたきの音までが響いてきた。座敷牢《ざしきろう》に似た檻の中でとぐろがシュルシュルと鱗《うろこ》を擦《こす》り合わせて回転する。その隙間から毛髪と白い顔の残像が見えた。

「宮木、考えてたことがあるんだけどいいか……」

「聞きたくないけどいいですよ……」

震えた声が反響する。

「こどくな神ってのは独りで寂しい方じゃなく、呪術《じゅじゅつ》の方。『蠱毒《こどく》』だよな」

三

「蠱毒って……」

ずっ、ずっ、ずっ、と重い胴体を引きずる音がする。虫の這う音、鳥の羽ばたき。

生温かい空気と壁中の凹凸が魔物の胎内のような地下に、怪異が蠢《うごめ》く音が充満していく。

檻の中のとぐろがゆっくりと回り、西陣織《にしじんおり》のような光沢を持った鱗の腹が一周する。懐中電灯で切り取った格子の中には顔があった。男とも女ともつかない頬骨の突き出した細い顔に、濡《ぬ》れそぼった髪が貼りついている。この村の人間の顔だ。ぽっかりと空いた口がだらしなく唾液《だえき》を垂らす。こんなものが守り神なのか。

「宮木、離れるぞ！」

俺の声を掻《か》き消すように衝撃音が響き、牢《ろう》の中の蛇が檻に全身を打ち付ける。パラパラと土の欠片《かけら》と埃が舞い落ちた。堅牢な格子がたわみ、ひびが入る。俺は宮木の腕を掴んで駆け出した。

「片岸さん、ちょっと！」

「何だよ！」

「あれ！」

宮木が俺の懐中電灯を引ったくって前方を照らした。光が土を抉《えぐ》り抜いた天井を舐め、道の先が白く浮き上がる。長く続く洞穴の両脇は、壁の代わりに太い木板がはめ込まれた檻が続いていた。ここら一帯、全部地下牢だ。檻の中に無数の影がある。セロファン紙のような羽が擦れ合う乾いた音と、生肉を床に叩《たた》きつけるような粘性の重い音がする。

「宮木、一気に抜けるぞ。横は絶対見るなよ」

「頼まれたって見ませんよ……」

俺は目を伏せ、足元だけ注視して走り出した。宮木の歩調に合わせて懐中電灯が上下し、無作為に道筋を照らす。光の円の端で毛の生えた虫の足が擦り合わされる。手足と頭のない人間の胴らしきものが隆起した背骨を折り曲げて這う。首筋に細い髪の毛か触覚のようなものがさわさわと触れた気がして俺は声を上げそうになる。後ろには宮木しかいない。暗闇と恐怖が見せる幻覚だ。

目の前がかすかに明るい。少し先の道が広くなり、右手側に鈍い輝きが見える。俺は足を速めた。人力で掘ったような歪《いびつ》な洞窟《どうくつ》を抜けると、広い足場の先はまた細い道が続いていた。右側に見えた輝きの正体は天井にわずかに開いた穴から受ける夜光を反射する水溜《みずた》まりのようだった。俺は宮木がついて来ているのを確かめる。

「片岸さん、早く抜けましょう……」

彼女の声は掠《かす》れていて硬い。視線は水溜まりの方を向いていた。五原の言葉が蘇《よみがえ》る。地下水は枯れたと言っていなかったか。

ずっ、ずっ、ずっ、ずっ、と、先ほど聞いた重い音が鼓膜をねぶった。懐中電灯は向けずに目だけを右側に動かす。雨に濡れた路面のような長い胴体の大蛇が真後ろにいた。

暗闇の中に能面の顔が浮き出す。

光のない瞳《ひとみ》が俺たちを捉《とら》えるより早く、足元が心許《こころもと》ない道を一気に駆け抜けた。土壁がぽろりとこぼれて俺の頭や背を打った。木の根が露出した地下道は四方が壁に囲まれている。この辺りには座敷牢はない。俺は立ち止まり、気を鎮めるため大きく息をつく。

「……お化け屋敷か、ここは！」

「片岸さん、今までどんなお化け屋敷入って来たんですか！」

怒鳴る宮木の声が震えていた。こいつも無理をしているんだろう。

俺は息を整えながら壁を探った。かさりとした感触が指先に触れて飛び退いた。ペンライトを懐から出して光を当てると、般若《はんにゃ》の面に似た弱々しい虎の顔が現れた。郷土資料館で見たのと同じ絵だ。

「やっぱりな……」

真っ暗な道を照らすと、両側の壁に古い和紙に描かれた絵が張り巡らされていた。

「やっぱりって何ですか……」

「ああ」

俺は咳払《せきばら》いし、唾《つば》で乾ききった喉《のど》を潤す。

「麓の住人が沼地で蛇や毒虫を見たって言ってただろ。みんな好き勝手言ってたが、共通してるのは毒がある生き物ってことだ」

宮木が息を呑《の》む音がする。

「それに、この村に来たときの湧き水。あそこの看板に村が何度も疫病に見舞われて、その度に湧き水に頼って来たって書いてあった。対して、枯れた井戸には悪い物を捨てる。たぶん、この村じゃ山の上から湧いてくる水が神聖なもので、地下の水は穢《けが》れたものって認識になってるんだろ」

「じゃあ、ここの信仰は水にまつわる神ってことですか？　でもさっき、蠱毒って」

「たぶん、もう一歩捻《ひね》ったやつだ」

また遠くで金属を叩いたような音がして、天井から垂れた雫《しずく》が足元を打った。

「郷土資料館で病に関する展示にあれだけの場所を割いてたんだ。おそらくだが、鍵《かぎ》は水が運んでくる疫病だと思う」

俺はライトで地下の空間を照らす。

「こんなデカい場所、さすがに一から掘った訳じゃないだろ。たぶんここは井戸水が流れてた空洞だ。井戸は別の村とも通じてて、他と隔絶されたこの村に病が流れ込む唯一の経路だった。『地下に悪いものが流れてくる』から、『地下に悪いものがいる』に変わって、信仰が作られていったんだ」

「毒じゃなく病を重ね合わせて作られた蠱毒ってことですか……」

「推測だぞ」

薄明かりの中で宮木が顎《あご》に手をやる。

「あとは、何でこの神に私たちを会わせようとしたかですが……」

また土壁を擦る音が聞こえた。俺たちは咄嗟《とっさ》に明かりを音の方向に向ける。少し先に小さな人影がうずくまっていた。宮木が押し殺した悲鳴を上げる。

一歩後ろに下がりかけたが、戻ったところでいるのはあの大蛇の化け物だ。影の方は小さい。俺がもう一度光を向けると、人影は眩《まぶ》しそうに手で庇《ひさし》を作った。

「人間か……？」

痩《や》せこけて髪も服も汚れた子どもが壁にぴったりと背をつけて座っている。脂ぎった髪の中の瞳が俺を見た。子どもは俺から視線を逸《そ》らさず、座ったまま背伸びして壁を擦り、また屈《かが》み込む。さっき俺たちが聞いた、蛇の這う音に似た響きはこれだ。それに次いで暗闇の先でぱたぱたと軽い足音が響き、遠ざかった。あの子ども以外にも中に誰かいるのか。

「あの、大丈夫……？」

宮木がライトを手で覆って光量を下げながら聞く。ずっ、ずっ、と背中で壁を擦る音。子どもは落ち窪《くぼ》んだ眼窩《がんか》から溢《あふ》れそうな目で俺たちを見上げた。

「だれ？」

消え入りそうな声だった。俺は何と答えていいかわからない。澄んでいるが感情の読み取れない目が俺たちを眺めた。

「うさぎかにわとりを殺した？」

質問の意図がわからず、俺は首を横に振る。

「なんだ」

子どもは土を引っ掻くように爪を立て、背筋を壁に這わせて立ち上がった。痩せこけた足はそうしなければ立てないのだろうと思わせた。

「いつからここにいるの？」

「わかんない」

宮木の問いに子どもは小さく答え、背を向けて歩き出した。俺たちは慌てて追いかける。おぼつかない足取りにはすぐ追いついた。

「あのね、私たちは……上に住んでるひとたちにここに入れって言われたの。それでね、ここから出たいんだけど……」

「わたしのお母さんに言われたの？」

「お母さん？」

ペンライトの光の中の子どもは細面の顔を曇らせる。幼さに似合わない陰りは五原に似ていた。

「俺たちはここの神様に会ってこいって言われたんだ」

子どもが身を竦《すく》ませる。宮木は詰《なじ》るような視線を俺に向けて、子どもの肩を抱いた。

「あの神さまに会ってもいいことないよ。何もしないけど、気持ち悪いし、ずるずる這《は》ってくるの。だから、神さまが来たら壁を擦って逃げろってみんなに教えるの。声だと響いちゃうから」

子どもは老人のように乾いた手でそばの壁を擦った。ずっ、ずっという音は地下で神の襲来を伝える合図らしい。

「みんなって誰だ、他にも君みたいな子がいるのか？」

俺は言いながら考えを巡らせる。この子どもが地下に監禁されている理由は何だ。何かの病か？　この村では病人を生贄《いけにえ》に捧《ささ》げているのか？

「みんな、うさぎとかにわとりを殺したひと」

「何？」

俺たちが困惑する間に、子どもは宮木の手をするりと抜けて前に進み出した。

「一原さんから十原さんまで集まって、わたしとかと同じくらいの年の子で動物を殺すの。弟が嫌だって泣くから代わりにやってあげた」

足音だけが暗がりにこだまする。俺たちの足音より多いのは反響のせいだと思いたい。

「そうしたら、お母さんがわたしに、神さまに選ばれたからここで暮らせって。神さまはこどくだから、わたしみたいに本質？　を見てくれるひとが必要なんだって」

子どもの声には何の感慨もない。

「それから、ずっとここにいるの。村のひとが毎日ご飯とか身体を拭《ふ》くものとかを入れてくれる。聖ちゃんは自分のせいだって泣いてて、たまに漫画とか持ってきてくれる」

「聖ちゃんっていうのは弟？」

「そう」

五原家の少年が投げたメモを思い出す。お姉さんとは彼女のことか。手紙はあの子どもにできる精一杯のＳＯＳということになる。

「食事が差し入れられる場所がわかれば出られるかもしれませんね」

　宮木が声を潜める。俺は今更ほとんど誰にも知らせずにここに来たことを後悔した。救助は望めないなら俺たちで脱出するしかない。

「村のひとはいつもどこからご飯をくれるの？」

「向こう。村のひとしか知らない沼に通じてるところ」

　少女がより一層深い闇を指す。

「案内してくれる？」

　少女は唇を嚙《か》んで押し黙る。水滴が天井から垂れ、ガラスのように砕けた。

「でも、今だとあっちには……」

　深い闇が輪郭を持って蠢《うごめ》き出したような気がした。そこから現れた黒い線はわずかに丸く、ひとの頭から肩までによく似ていた。ずるっ、ずるっ、と土を搔《か》く湿った音がする。

「六原さんがいる」

四

　生温かい空気とともに強烈な腐臭が吹きつけた。ひときわ大きな、ずるっ、という音が響く。闇の中から影が近づいている。俺は少女が悲鳴をあげるのに構わず抱え上げた。

「宮木、走れるか！」

す。

「はい！」

俺はペンライトを咥《くわ》えて走り出した。ひといきれに似た熱が前方からじわりと染み出す。

「あっち」

少女が指した方へ足を速める。黒く膨れた影の中に、まばらな歯のような白い輝きが視界の端に見えた。

「くそっ……」

ひときわ腐臭が濃くなったと思ったとき、顔の真横で五本の指が宙を扇《あお》いだ。ふやけた指の先がやけに細く尖《とが》っている。爪ではなく、皮膚を突き破った骨だと直感で思った。揺れる光の中に、下半分残して崩落した座敷牢《ざしきろう》の檻《おり》と小さな空間が見える。ようやく腐臭が薄くなった。背後の気配が消える。

俺は足を止め、周囲に何もいないのを確認して少女を下ろした。

「今、六原さんって……」

宮木がぜえぜえ言いながら汗を拭《ぬぐ》う。

「六原さんはいつもあの辺にいるの。あの辺に捨てられたから」

少女の平坦《へいたん》な声にぎょっとする。

「捨てられた？」

「昔いた六原さんは神さまのことで嘘をついたから悪いひとたちなんだって」

「嘘？」

少女が頷《うなず》いた。

「よくわかんないけど。わたしみたいに神さまがちゃんと見えるひとばっかりになっちゃったら神さまは弱くなっちゃうんだって。なのに、六原さんは村中、神さまを怖がらないひとばっかりにしちゃおうって考えたんだって」

少女の答えは要領を得ない。俺は必死で頭を回す。少女が昔と表現するということは実咲や義兄より前の話だ。彼らの両親が死んで兄妹《きょうだい》が出て行って家系が途絶えたのは、それ以外の親戚《しんせき》が村人に殺されていたからということか？　それ以前に——。

「六原家は何をしたんだ？」

「あのね、よくわかんないんだけど。うさぎとかにわとりを殺せるひとは、神さまを怖がらないからほんとはよくないひとなんだけど、六原さんのご先祖さまはそういうひとの方がいいひとなんだって嘘ついたの」

少女は首を傾げた。

「六原さんの家のひとは出て行っちゃって、残ってたおじさんとおばさんが死んだときに、お母さんたちが家を片付けたらね、そういう研究の書類？　みたいなのが出てきたんだって」

そういうことか。首筋を冷汗が伝う。

「六原さんは悪いひとたちってわかったから、お墓を全部掘り出して、おじさんとおばさんの骨と一緒にみんなでここに捨てたんだよ。それから、わたしみたいに動物を殺せる子は一緒に地下に入ることになったの。それにわたし、本当はこの話も調べちゃだめって言われてたのに、気になって六原さんの日記をのぞいちゃったから……」

「わかった……」

宮木が俺の顔を覗《のぞ》き込む。

「蠱毒は毒でも病でもない。この村の神の力の本質は恐怖なんだ」

「恐怖、ですか……」

「麓《ふもと》の住民の不揃いな証言もこれで説明がつく。たぶんここの神は相手が恐れるものの形を取るんだ。逆に、恐怖を抱かない人間には力が及ばない。だから、理由をつけてそういう人間を監禁してる」

義兄は、この村は近親交配で神を見ることができる人間を作っていたと言っていた。だが、実際は逆だ。六原家は大昔、他の一族に悟られないようにここの信仰に帰依《きえ》しない者たちで村を満たそうとしたのだ。恐怖を媒介にする神の力を少しでも削《そ》ぐために。

小動物殺しの儀式はそういう人間を見分けるために六原家が提案したものなのだろう。それが、村人が真意に気づいてからは逆転して、神の脅威になる人間を炙《あぶ》り出して排除するための儀式になった。

俺はライトで座敷牢を照らし出した。干からびた土の間に破れた陶器のような人骨が見えた。実咲の両親を含めた、六原家の人間の骨だ。俺は心の中で毒づく。こんな信仰が無けりゃ、実咲ももっとマシに生きられただろうに。

少女が怯《おび》えた目で俺を見た。俺はたぶんひどい顔をしている。自分が怒らせたと思ったのだろう。この子が人間らしい表情をしたのは初めてだ。俺は少女の前に屈《かが》み込んだ。

「なあ……、ここから出たくないか？」

俺の声が洞窟《どうくつ》を伝って響き、水滴がひとつ落ちた。

「出ていいの？」

子どもは恐る恐る俺を見上げた。こんな顔を見たことがある。結婚する直前に、弱音ひとつ吐いたことがない実咲が何気なく呟《つぶや》いた。

「幸せになっていいのかな」と。

この村で地下に囚《とら》われたままの人間たちのことを考えていたのだろうか。東京に来ても、俺といても、実咲はずっとこの村に囚われていたのかもしれない。

「好きなところに行けよ」

少女は困惑気味に俯《うつむ》いた。宮木が明るい声を作る。

「大丈夫ですよ！　神は捕まえられなくても人間は逮捕できます。監禁に殺人に児童虐待、あと何かこれも違法建築ですし！　全員しょっぴいてやりましょう！　片岸さん、やりましたね。久しぶりにちゃんと解決できる案件ですよ！」

「ほら、神様より人間の方が怖いだろ」

俺に指さされた宮木が不満げな顔をする。少女は曖昧《あいまい》に笑ってからまた顔を上げた。

「お母さんも捕まるの？」

「それはまあ……罪が軽くなるように頑張ります！」

天井からまた雫《しずく》が垂れている。まだ水は少しだけ湧いているらしい。井戸が枯れていなければあの神の動きも制限できて、こんな地下牢《ちかろう》も作れなかっただろうに。これはぼやいても仕方ないことだ。俺はかぶりを振って立ち上がった。

「行こう、沼地まで案内してくれ」

ずるっ、ずるっ。そのとき、音が響いて、再び目の奥が痛くなるような強烈な腐臭が漂った。暗闇からまた溶け合ったようなひとの形が浮き上がった。

俺は少女を抱え、宮木に目配せした。沼地まで走るしかない。生肉を引きずるような音と、雫の落ちる音が混ざり、靴底から濁った水が染みてくるような錯覚を覚える。走る足がもつれそうだ。

「そういえば、他にも囚われてるひとがいるんじゃないんですか！」

隣を走る宮木が上ずった声を出す。

「生きてるひとはわたししかいないよ」

少女が俺のシャツの襟を摑《つか》んでしっかりと縋《すが》りついた。

「でも、みんな神さまがいやだから逃げてるの。ずっ、ずっ、ってやると六原さんも逃げるんだ」

あの足音は今まで地下に囚われたり捨てられたりした人間たちの霊だろうか。

どん、と鈍い音がして目の前が土煙で霞《かす》んだ。土の破片が壁からぼろりと剝《は》がれて砕ける。半壊した座敷牢の天井から長い髪と鱗《うろこ》を剝いで作った帯のような光沢が垂れていた。宮木が指を指す。

「片岸さん、あれ……」

異形の神が能面の顔で俺たちを見ている。背後を顧みた。腐りかけた黒い影たちがこちらへ向かってくる。八方塞《はっぽうふさ》がりだ。

「くそっ、どうしろってんだよ……」

影の中の光と目が合う。白濁した虚《うつ》ろな眼光が俺を捉《とら》えた。地下に捨てられた六原家の死人たちが迫っている。実咲や義兄の両親たちもこの中にいるのか。何を言えばいい？　貴方《あなた》の息子と娘を助けるから見逃してくれなどと言えるはずはない。現に俺は実咲を救えなかった。

「片岸さん、ちょっと、しっかりしてください」

立ち尽くす俺を宮木が急《せ》き立てる。俺に縋る少女の手に力がこもった。亡者たちがすぐ近くまで来ている。なら、せめて――。

「あんたの子どもたちを不幸にしたこの村を俺たちが潰《つぶ》すから……」

無意識に口を衝《つ》いた言葉に影たちの動きが止まる。濁った目が俺を見据え、一拍置いて、腐臭が消えた。死者の群れがいた場所には、がらんどうの地下道が広がるだけだ。

「一旦《いったん》、あっちに戻るぞ！」

俺は仕方なく、元来た場所へ駆け込んだ。

五

大蛇の這《は》い回る音がそこら中にこだましている。どこにいるかわかったものじゃない。

「一旦逃げられたはいいが、あれを突破しねえとな……」

「何かいい方法がないですかね……」

俺と宮木はお互いに相手の顔を見て首を振る。足元に途中で切り落とされた縄が結ばれた木桶《きおけ》が転がっていた。真上を見上げると天井に金網があり、網目を塞《ふさ》ぐように土が塗り込められている。元々あった井戸を潰した跡だろう。

「あの神、蛇みたいな格好してるよな。だいたい蛇神ってのは水と信仰が結びついてるもんだが……」

何故、あの化け物は沼ではなく枯れた井戸を選んで住み着いているのだろう。沼地で度々目撃されたのは、村人の恐怖を媒介にした幻影だ。

「神じゃないからじゃないですか。もっとろくでもない化け物ですよ。ほら、地上の湧き水の方は神聖で、地下の井戸は穢《けが》れを溜《た》めておくものだって」

宮木が吐き捨てた。天井には氷のような膜が張り、結露した雫が震えている。

「宮木の言う通りかもな」

穢れたものでできた神はこの地で神聖とされる水を嫌うのかもしれない。

「いや、思いつきですよ」

「そうでもねえよ。水音がしている間はあの神を見かけなかった。それに、あの神の能面みてえな顔。見覚えがあると思ったら、比喩《ひゆ》じゃなく本当に能であいう面を使う演目があるんだ」

迫《せ》り出した頬骨。虚ろな目と空気を求めるように緩く開いた口。濡《ぬ》れそぼって額に貼りついた髪。

「あれは蛙《かわず》っていって水死体を表す面なんだよ」

「悪趣味ですね……」

能や狂言を見る高尚な趣味は俺にはない。学生時代、実咲が伝統芸能のレポートを書くのに付き合ったときの記憶だ。

「恐怖の神が恐れてるのは水か……」

俺はペンライトの光で天井をなぞる。垂れ落ちる雫の源はどこから来ているのか。黒く滲《にじ》んだ土に微《かす》かな亀裂《きれつ》が走っている。辿《たど》っていくと、ひびはより深くより広くなっていた。俺は下方を照らす。崩れかけた座敷牢《ざしきろう》を構成する資材は片手でも簡単に外せそうだ。

俺は少女を下ろして、宮木に預けてから檻《おり》の木枠に手をかける。腰までの高さのある一本の木材は思った通りにすぐ外れた。

「一か八かだが、これで行くしかないな」

天井にもう一度光を当てると、闇で墨汁のように染まった雫が落ちた。

再び沼地の方へ向かう。どこまでも土壁が続く地下道は代わり映えがせず、頭がおかしくなりそうになる。少女に導かれなければ一度通った道かどうかもわからない。こんな子どもがよく耐えられたと思う。少女は宮木の腕にすがっている。年相応の幼い仕草に陰鬱《いんうつ》な気持ちになった。

「どのくらい時間が経ったでしょうね」

俺はライトを腕時計に向けた。放り込まれてから二時間半が経過していた。

「あそこから動かなければ迎えが来たんですかね」

「どうだかな」

「後悔してるんじゃないですよ！　あの神に何かされてたかもしれないですし、この子も見つけられなかったですしね」

宮木が少女を見やってから慌てて訂正した。

「もうすぐ、あっちに階段があって、そこから食事を持ったひとが降りてくるの」

少女が指した先の天井はひときわ大きなひびが入っていた。脆《もろ》い土を木材の先で突《つつ》くとパラパラと欠片《かけら》が落ちる。木材を伝って水滴が落ち、蛇のように手首に絡んだ。

ずずずずずっ。

耳の奥に押し込まれたガーゼを無理矢理抜き出したような轟音《ごうおん》が響いた。元来た道の奥、闇がとぐろを巻いている。蛇腹に折り畳まれた腹が渦を描き、中心に溺死者《できし》の面が浮かび上がった。

「宮木、その子連れて先行け！」

俺は木材で思い切り天井を殴りつける。先端が土を削り、埃《ほこり》が舞い散った。ずるずると渦が前方から差し迫ってくる。蛇の腹の下からさわさわと無数の虫が這い出すような音がした。もう一度天井を殴る。大きな土の欠片が落ち、滴った水が埃を濡らした。

羽が擦れ合う音と湿った足音まで響き出した。蛇は歪《いびつ》な花のように重なり合った腹を回転させながら徐々に近づく。俺は何度も木材で天井を殴りつける。木がたわんで折れそうだ。焦りが滲む汗になって手が滑る。能面の顔が笑った。そのとき、先に行かせたはずの宮木が俺の隣にいるのに気づいた。

「お前、何してる⁉」

宮木は答えず、蠱毒の神を真っ直ぐに見つめている。大蛇が何かに臆《おく》したかのようにぴたりと動きを止めた。何が何だかわからないがやるしかない。

俺は木材を振りかぶった。先端が木っ端微塵《みじん》に砕け、ついに抉《えぐ》れた天井から膨大な水が溢《あふ》れ出した。泥の色をした水で神の姿が掻《か》き消される。

「このまま逃げるぞ！」

俺は後ろを振り返らずに宮木の肩を押した。光に導かれた先に木製の古い階段があり、懐中電灯を抱えた少女が段の上で待っている。俺は少女を抱えて崩れ落ちそうな木板を駆け抜ける。その向こうに、土壁に埋もれた観音開きの扉があった。

肩で押し破ろうとした瞬間、ひとりでに扉が開く。冷たい空気と月明かりが広がった。

夜空を反射する沼地と、それを縁取る葦《あし》が視界に飛び込んでくる。ひどく久しぶりな外気に安堵《あんど》している暇はない。星の光が鮮明に照らす草むらに人影があった。おそらく扉を開けた人物だ。細面の輪郭と夜光を受ける白い肌はここの村人に違いない。俺は少女を下ろすついでに引ったくった懐中電灯を振り上げた。電池の詰まった方を振り下ろそうとした瞬間、聞き覚えのある声がした。

「職務規律違反だけじゃなく、法まで犯す気か」

俺は間一髪で留《とど》まり、ライトの方を向ける。六原が面倒そうに手を上げて光を拒んだ。

「六原さん⁉」

「六原さん？」

俺の言葉を繰り返して少女が宮木に取り付いた。

「大丈夫だ。こっちは追いかけ回したりしないから」

「追いかけ回してくる六原がいるのか」

義兄は泥まみれで飛び出してきた俺たちを見ても何ひとつ動じない。

「何であんたがここに……」

答えの代わりに甲高いサイレンが鳴り、暗い湿地をパトライトの赤光が走り回った。

素早く滑り込んだ何台ものパトカーから警察官が駆け下りてくる。

「六原さんが呼んだんですか」

「まあな。お前が俺のところに来た封書を盗んでいったものだから、何かと思って調べるうちにきなくさい話や失踪《しっそう》事件が出てきた。それに、例の封書の送り主から通報が」

六原は背後を指さす。背の高い葦の間から痩せぎすの子どもが覗《のぞ》いていた。溢れそうな瞳《ひとみ》は俺たちの後ろを見ている。

「聖ちゃん」

ふらつく足で進み出た少女をパトカーとともに到着していた救急隊員が抱き止めた。

「後は彼らに任せてとっとと乗れ」

俺と宮木は沼地の隅に停めた白いバンに導かれる。泥にまみれたままでは気が引けたが、仕方なく助手席に乗り込んだ。

「話は後でゆっくり聞かせてもらう」

六原はシートベルトをしながら前を見て言った。

「私事に部下まで連れ回して、全く……」

後部座席の宮木が気まずそうに笑う。ザラついたラジオの音と緩い暖房の温度が、高ぶった精神をやっと日常に引き戻した。

「六原さん、この村は……」

「酷《ひど》い場所だろう」

赤い光が走り、数台のパトカーが葦を薙《な》ぎ倒して民家の方へ向かうのが見えた。

「いいのか。一応あんたの故郷だろ」

「知るか」

泣き黒子《ぼくろ》のある横顔が口元だけで笑った。

「せいぜい故郷も平気でほろぼせる人でなしを育てた自分たちを恨むんだな」

俺は溜息《ためいき》をついた。村人たちと蠱毒の神はろくでもなかったが、神を恐れない人間を恐れたことだけは正解だったというべきか。どこまで真実を話すべきだろう。

宮木が囁《ささや》いた。

「結局奥さんの手がかりは……」

「確かなものはなかったな。だが、これを放置しておく訳にもいかないし、結果オーライだ」

俺は窓ガラスの外を見る。清潔な担架に乗せられた少女が救急車に運び込まれているところだった。眩《まぶ》しい車内には彼女の弟が膝《ひざ》を折り畳んで座っている。聖が俺の視線に気づいたのか、しきりに頷《うなず》いた。違う。頭を下げているのだ。

少女も俺と宮木の方を見る。夜闇に燦然《さんぜん》と白く輝く救急車の中で、彼女はひどく年相応の子どもらしいピースサインを掲げた。

知られずの神

RYOU-KAI-SHIN-PAN

There are incomprehensible
gods in this world who cannot be called
good or evil.

序

六四年十二月二十五日、某村　※閲覧には第一級特別措置申請を要する　にて、謎の発光を確認。

地元の自治体による調査を行うが、異常なし。この間も断続的な謎の発光を確認したと村民の証言あり。

六五年一月、日本細菌研究組織委員会を主とした特別調査団が派遣され、七日間に亘《わた》る調査を行う。異常なし。

同年三月、某村の神社と神道研究会共同の下、三日に亘る祈禱《きとう》が行われる。以降、謎の発光は確認されず。

六七年、某村付近にて外場建《そとばたてる》（当時三二歳）失踪。

七〇年、某村付近にて河原才子《かわらさいこ》（当時四三歳）失踪。

七二年、某村付近にて松後《まつご》瑞樹《みずき》（当時一一歳）失踪。

警察による大規模な調査が行われるが、未解決事件として終結。

七五年、某村付近にて三《み》河有途《かわゆうと》（当時三〇歳）失踪。

七七年、某村に新宗教団体〝黙《もだ》しの御声《みこえ》〟の宗教施設設立。地域住民による反対運動が一年間続く。

八〇年、領怪神犯特別調査課、設立。

八一年、某村付近にて銭田文六《せんだぶんろく》（当時七一歳）失踪。

八三年、某村付近にて帷子経子《かたびらきょうこ》（当時五四歳）失踪。

八五年、新宗教団体〝黙しの御声〟、不正摘発及び幹部の逮捕により解体。某村の宗教施設が取り壊される。

八六年、領怪神犯特別調査課により調査員・白峯道行《しらみねみちゆき》を派遣。調査の結果異常なし。

八九年、某村付近にて布施渡《ふせわたる》（当時四七歳）失踪。

九一年、某村付近にて四山九造《しやまきゅうぞう》（当時八二歳）失踪。

九三年、領怪神犯特別調査課により調査員・長谷部左門《はせべさもん》、赤名宗一《あかなそういち》を派遣。調査の結果異常なし。

九九年、某村付近にて線谷香織《せんたにかおり》（当時二九歳）失踪。

九九年、某村付近にて須弥山壇《しゅみやまだん》（当時三一歳）失踪。

九九年、領怪神犯特別調査課により調査員・浅茅勝四郎《あさがやかつしろう》を派遣。調査の結果異常なし。

九九年、某村付近にて白井菊花《しらいきっか》（当時三五歳）、日継納子《ひつぎのりこ》（当時四四歳）失踪。

〇〇年、某村付近にて片岸実咲（当時二四歳）失踪。

〇一年、領怪神犯特別調査課により調査員・六原允爾《みつじ》を派遣。調査の結果異常なし。

○二年、某村付近にて薄墨磨人《うすずみまひと》(当時二一歳)失踪。
同年、領怪神犯特別調査課により調査員・井沢磯良《いざわいそら》、三輪崎愛次《みわさきまなじ》、片岸代護《だいご》を派遣。

調査の結果異常なし。
○三年、某村付近にて香津典嗣《こうずのりつぐ》(当時三五歳)失踪。
○四年、某村付近にて本尊鈴《ほんぞんりん》(当時二三歳)失踪。
同年、領怪神犯特別調査課により調査員・片岸代護、宮木礼《れい》を派遣。

※この記録は保護され、第二級以上特別措置申請のみによって開示される。閲覧者は全て記録される。尚《なお》、この記録によって確認できる事項全ての口外を固く禁ずる。

一

錆《さ》びた赤いパイプから飛沫《しぶき》が上がった。

「うわっ、熱い。ほとんど源泉じゃない」

手をびしょ濡《ぬ》れにした井沢が高い声をあげて飛びのく。黒いリボン付きのバレッタでまとめた髪まで濡れて湯気を立てていた。

「そら手突っ込んだらあかんわ、火傷《やけど》しますよ」

三輪崎が眼鏡の奥の瞳を細めて笑う。三十路《みそじ》間近らしいが、歳より落ち着いて見える彼は、遠足の引率で来た教師のようだった。

「だって温泉って書いてあるんだもの」

「こっちに足湯があるやないですか」

「先に言ってよ」

ふたりはゆるやかな傾斜の坂道の途中、石垣から突き出したパイプから噴き出す熱い湯の雫《しずく》を掛け合ってはしゃぐ。俺は溜息をついた。

「先輩方、遊びに来た訳じゃないんですよ」

井沢が小さく舌を出す。この部署で既に五年勤め上げた大先輩だが、配属されてから叱られたことより、俺が窘《たしな》めた回数の方が遥《はる》かに多い。俺はかぶりを振って、茂る葉に縁取られた遠い青空を見上げた。

いかにも日本の真夏の原風景だ。青々とした木々は日差しでさらに色の濃さを増し、それ自体が光を放っているように見える。木々の向こうには赤茶けてところどころが千切れたフェンスがあり、その向こうに廃線の古い線路があった。

かつては駅舎があったのだろう。鉄柱に斜めの木板をつけただけの屋根は数時間に一本の電車を待つ場所だったのか、真下に二メートル四方の木製の枠で囲われた足湯があり、土の色をしたお湯がこんこんと湧き出ていた。

「片岸くんは真面目すぎるよ。もう本命の調査は終わったんでしょ？　午後の半休だと思って楽しまなきゃ」

井沢は俺と三輪崎が目を逸《そ》らすより早く、靴とストッキングを脱ぐと、獲《と》った魚のように掲げた。日焼けしていない真っ白な爪先《つまさき》で泥を踏み、木枠に腰掛けてじゃぼんと湯に足を浸す。

「ようそんなん入れますね。変な菌がいてるかもしれませんよ」

「ここ絶対何年も放置されてますよ」

井沢はあっけらかんとした笑顔で俺たちに手招きした。

「俺は絶対入りませんよ」

そう言ったものの、遠くからわざわざ声を張って話しかけるのも疲れる。俺は仕方なく近づいて、土か本来の湯の色かもわからない何かが噴き出す足湯を見下ろした。

「やっと仕事が終わったってのに、どうせ通り道だからもうひとつの案件も見てきてくれって言われたときはどうしようかと思ったけど……」

井沢は背伸びした。

「何にもなさすぎてこれじゃただの観光ね」

「そうですねえ。まあ、案件って言うても数年に一度の失踪《しっそう》事件ですし、領怪神犯と関わりがあるかもわからへん段階ですから」

三輪崎はシャツの袖《そで》をまくって、指先で湯加減を確かめる。

「前にもうちのひとが何回か調査に来たことはあるらしいけど、どれも収穫なしだったみたいだし。私たちより普通に警察に頼った方がいいんじゃないかな。片岸くん、ここが自殺の名所とかって聞いたことある？」

「ないですね。でも、偶然にしては多すぎる」

俺は短く答えて目を逸らした。金網に、雨除《あまよ》けのビニールで覆った画用紙をスズランテープで結びつけたあり合わせの看板が揺れている。湿気でほとんど溶けかけたマジックペンの文字は「本線は線路断絶により当駅が臨時終点となります」と読めた。

フェンスの向こうに続くホームの先に視線をやると、線路の上に土の塊と岩が山のように盛られていた。さらに先には黄色のブルドーザーと積み上げられた丸太がある。土砂崩れか何かで線路が使えなくなり、工事の費用も底を突いて捨て置かれたのだろう。土の塊の中に赤い柱のようなものが露出していた。鳥居だと思った。

「あっ、見て。あそこ何かない？」

井沢が身を乗り出して正面の山の頂付近を指した。

「何ですか」

指の先に目を凝らすと、巨大な白い楕円形《だえんけい》の何かが緑の山の間から突き出していた。さらによく見ると円の中に目や鼻や唇に見える凹凸が彫り込まれている。巨大な顔だ。

「巨人……」

小さく呟《つぶや》いた俺に三輪崎が笑った。

「デッカい観音像やないですか。いや、観音様と違うな。聖母像に似てますね」

「何だ、作り物か」

井沢はつまらなそうにまた木枠に深く腰掛ける。光を受けて輝く湯の中で二本の脚の虚像が揺蕩《たゆた》った。

「ここ、昔新興宗教の施設があったでしょ。住民がだいぶ反対して揉《も》めたって言うてはったアレ」

「〝黙しの御声〟か。詐欺容疑で幹部がみんな逮捕されたっていう」

「そうそう、急に取り潰《つぶ》されたもんやから神像なり何なりがまだ残ってると違うんかな」

よく注意してみれば、巨大ではあるが目鼻立ちも随分ずさんに彫られた作り物だとわかる。観音とも聖母マリアともつかない、白い布を頭から被らされた木偶《でく》の坊の像だ。

「元々信仰があった場所に別のまがいもんを持ち込むと大抵ろくなことにならねえんだよな……」

俺が独り毒づくと、三輪崎が眼鏡を押し上げて笑った。

「うん、それが領怪神犯の本質や。聞いてくださいよ、井沢さん。先輩がしっかりしとらんと後輩が代わりにちゃんと育ってますわ」

井沢が「何よ」と眉《まゆ》を吊《つ》り上げつつ、笑いを零《こぼ》す。このふたりといると毒気を抜かれるようで俺も笑うしかなかった。

三輪崎が胸ポケットから煙草を取り出し、俺もそれに倣う。手渡されたライターで火をつけ、礼を言って返してから煙を吐き出す。青々とした山に白い霧がかかった。

「ちょっとは気抜けたやろ」

三輪崎の言葉に俺は驚いて顔を上げる。

「ここ来たときからずっとピリピリしてるように見えたから」

自分でも今さっきまで気づいていなかった眉間《みけん》のしわを擦《こす》り、俺は溜息《ためいき》をつく。

「すいません」

「六原さんも人使いが荒いからなあ。新人なのに仕事仕事で立て続けやと気も休まらんわ」

「ですね……」

「六原さんに、何か言われたん？」

三輪崎は廃線の跡を見つめたまま言った。

「急に『もう一個村を見てきてくれ』なんて初めてやで。その後も自分、六原さんと何か話してはったやろ。あのひと、ほんまはそうでもないけど、何か冷たい感じの言い方するからなあ」

「あのひとは昔からあんな感じですよ」

眼鏡の奥の瞳《ひとみ》がわずかに俺に向く。頭上で鳥が小さく鳴いた。湯の泡が湧いては弾《はじ》ける音と、風が木を揺らす音が夏の空気に染み込んでいく。

「ここで、俺と六原さんに関係ある人間が失踪してまして」

六原の話した内容は別段ふたりに言わなくてもいいことだ。だが、三輪崎の訛《なま》りの強い話し方にほだされて、どうにも言わなくていいことまで話しそうになる。

「そっか」

返事は短いが、声音は優しかった。俺たちは無言で煙草のフィルターを噛《か》む。

「私もだよ」

足湯の方から声がした。

「弟がね。って言っても年は十歳くらい離れてるし、両親が離婚したから名字も違うんだけど。今年の初めにここでいなくなったの」

井沢は両脚をピンと伸ばして向こうの木枠にかける。

「大学生でさ。『他のみんな帰省するのに俺には帰る家もないから冬休みを使ってフィールドワークをするんだー』なんて言ってね。私の家に帰っておいでって言ったら、『もう夜行バスのチケット取っちゃったから春休みに帰るよ』って言ってたのに、それっきり。悩んでたなら話くらい聞かせてくれる仲だと思ってたんだけどな」

俺と三輪崎は口を噤《つぐ》んだ。俺は報告書にあった失踪者の名簿を思い出す。薄墨磨人、二十一歳。黒いリボンのバレッタを外して濡《ぬ》れた髪を絞る彼女からは、今まで暗い話など聞いたことがない。だが、危険を承知でこんな仕事に就く奴らだ。俺と同じようにそれなりの理由があるのだろう。俺と違うのは、それをおくびにも出さないことだけだ。俺は実咲が消えてからしばらく笑った覚えがない。それでも、井沢と三輪崎と組むようになってから、自然と笑い方を思い出した。

俺の真横のフェンスにもたれかかるように置かれた水色のベンチは白く色褪《いろあ》せ、書かれていたであろう医薬品の広告の文字もほとんど読めない。その隣にある、傾いた赤いブリキのスタンド式灰皿に吸殻をねじ込んで、俺は空を見た。白い雲に頭頂部が触れそうな神像がそそり立っている。心なしか先ほどより近く見えた。俺の視線に気づいた三輪崎が一緒に目を向ける。

「〝黙しの御声〟っていうもんは相当あこぎな連中なんやけど、そういうもんほど細部に拘《こだわ》るっていうか、いろんなとこから霊験あらたかなひとを呼んどったらしい」

二本目の煙草に火をつけながら三輪崎が言う。眼鏡のフレームにぶつかった煙が屈折して逃げた。

「日本全国いろんなところに神社なりお寺なりあるやろ。何でもな、そういうとこの神官血筋云々《うんぬん》だけじゃなく、狐《きつね》憑きとかミサキ憑きとかまで集めとったって聞いたわ」

「聞いたって誰からですか？」

「僕のお袋」

三輪崎は事もなげに笑う。

「お袋がその信者やったん。一回わざわざ西から高速バス使って集会に連れてかれたこともあった。ちょうどそんとき、噂が噂を呼ぶんやろなあ。よくないもんに祟《たた》られたっていうひとが助け求めて来て、教祖様が頭に手かざしたら、『身体が軽くなりました』なんて。まあ、サクラ使った茶番やろうけど」

淡々と語ってから、彼は誤魔化すように煙を空に吹きつけた。

「みんな、いろいろ事情があるんだな……」

俺の独り言に井沢が「そりゃあね」と返す。

「じゃなきゃ、毎回東西南北いろんなところに飛ばされて訳わからない目に遭う仕事なんか就いてないよ」

井沢は鞄《かばん》から取り出したタオルで足を拭《ぬぐ》った。膝《ひざ》を三角に折ってストッキングに爪先《つまさき》を通し始めたため、俺と三輪崎は目を逸《そ》らす。

「他の国にもうちみたいな組織あるんですかね」

「そらあるよ。アメリカも中国もソ連もあるって。ドイツはやっぱり東と西で別々にあるんかな」

「どうですかね」

「……何か、あの像近くなってへんか」

明後日《あさって》の方を向いていた三輪崎が、ついでに山を見て呟いた。俺の思い違いではなかったようだ。

「どれどれ」

足元から湯気を立てながらパンプスを突っかけた井沢が横に並んで眺める。

「近くなってるっていうか大きくなってない？　ほら、頭の部分」

神像のぼやけた輪郭が二倍くらいになっている。そんなはずはない。日照による影のせいかと思いながら注視すると、像の頭部に黒い靄《もや》のようなものがかかっていた。靄の中に像に彫られたものよりはっきりとした双眸《そうぼう》がある。

「何だ……ひとの顔……？」

黒い人間の顔だ。神像の首の辺りに抱きついてこちらを見ている赤子のように思える。靄は何層にもなり、顔に老人じみた深いしわを刻んでいるようだった。

「何やこれ。六原さんに伝えた方がええんかな」

「そうね……ここの神なのかも……」

井沢が表情を引き締める。

俺の視線の先で黒い靄は微動だにしない。

「ここにも神の伝承があるんですか」

「うん。細かい伝承は何にもない、どこにでもある守り神みたいなものなんだけど。確かその名前は」

井沢は顎《あご》に手をやって言った。

「知られずの神」

黒い靄の中の双眸が瞬いた。俺は目を疑う。確かに俺たちを見てしわの寄った瞼《まぶた》が閉じて、開いた。俺と三輪崎のふたりを見て。

「片岸くん、どうしたん？」

声に振り返ると、三輪崎が心配そうに俺を見ていた。前方に視線を戻すが、何も異変はない。そこには先ほど見た、白い粗雑な造りの像があるだけだ。

「いや、何でもないです……」

「自分、相当疲れとるやろ」

赤いブリキのスタンド式灰皿に吸殻をねじ込んで三輪崎が苦笑した。

「結局何にもなかったなあ。六原さんにもそう言うしかないか」

「ですね」

青い空に白い雲。崩壊した廃線の跡だけは不穏だが、それ以外何の変哲もない、日本の田舎の夏だ。かつては駅前に広場があったのか、二メートル四方の木枠で囲まれた足湯から土色のお湯が湧き出ている。

「これ、いつから放置されとるんや。誰も入らへんやろ」

「絶対に変な菌がいますね」

ふと視線を下げると、木枠の一部に今さっき濡れた脚をかけたような二本の線が滲《にじ》んでいる。その傍に土に汚れてもいない、黒いリボンのついたバレッタが落ちていた。

「住民がまだ使ってるんですかね」

「こんなん入ったらかえって身体悪くなるで」

それもそうだと思った。

「じゃあ、帰ろうか」

俺は踵《きびす》を返して、三輪崎とともに元来た坂道を下り始めた。蟬の声に顔を上げる。向こうの山の緑は一部が禿《は》げ上がったように白くなり、先程の神像が頭を覗かせていた。

二

錆《さ》びた赤いパイプから飛沫《しぶき》が上がった。

「うわっ、熱い。ほとんど源泉じゃないですか」

手をびしょ濡れにした宮木が高い声をあげて飛びのく。飛び散った湯で濡れた髪から湯気が立った。

「そりゃあ手突っ込んだらマズいだろ、火傷《やけど》するぞ」

舗装されていない道の砂利が靴底に嚙《か》み付く感触を確かめながら、俺は溜息《ためいき》をつく。

「だって温泉って書いてあるんですよ」

「遊びに来た訳じゃねえんだぞ」

ゆるやかな傾斜の坂道の途中、石垣から突き出したパイプから噴き出す熱い湯の雫《しずく》で濡れた手を振る宮木は、フィールドワークに来た気楽な学生のようだ。こんな光景を見たことがある気がした。おそらく、本当に俺が大学生だった頃だろう。

俺はかぶりを振って、枯れ枝に縁取られた遠い青空を見上げた。

いかにも日本の真冬の原風景だ。枯れた木々は陽光でさらに白くなり、枝葉に薄《う》っすらと残る雪と相まって焼き払われた後の灰のようだ。木々の向こうには赤茶けてところどころが千切れたフェンスがあり、その向こうに廃線の古い線路があった。

「思ってたより寂れてますね」

「俺が二年前に来たときももう廃線だったからな。工事もされないで廃れる一方だろ」

かつて駅舎があった形跡の、鉄柱に斜めの木板をつけただけの屋根も二年前と何ひとつ変わらない。金網にスズランテープで結びつけた即席の看板が揺れている。雨除《あまよ》けのビニールは黄色く変色してズタボロになり、中の画用紙までふやけて紙くずのようだ。爛《ただ》れたような藍色《あいいろ》のマジックペンの文字は「本線」「当駅」「臨時」だけがかろうじて読めた。フェンスの向こうに廃線の線路がある。

道の上に盛られた土砂の山と、錆びて元の色がわからなくなったブルドーザー、散乱した丸太。土の塊の上部から赤い二本の杖《つえ》のようなものが露出していた。なぜか直感で鳥居だと思った。

「あっ、見てください。あそこ、何かがありますよ」

少し先を歩いていた宮木が正面の山の頂付近を指した。

「何だ？」

指の先に目を凝らすと、茶色の山の間から巨大な白い像の頭が突き出していた。頭からヴェールをかぶっているが、布のひだは等間隔に彫られ、アコーディオンカーテンのようだ。目や鼻や唇に見える凹凸も下書きなしで彫ったのかと思うほどぼやけている。

「観音像、いや、違うな。聖母マリア像みたいなもんか」

「マリア観音っていうのもありますよね。昔、キリシタンが弾圧されていた時代に聖母像を作れないから、一見観音様に見えるようにしたっていう」

確かに素人が作ったようで、信仰の対象もわかりにくい。報告書にあった一文が頭をよぎった。

「ここ、昔新興宗教の施設があったって聞いただろ。〝黙しの御声〟。詐欺容疑で幹部が逮捕されたのを機に解体されたやつだ」

「なるほど。急に引き払ったから取り壊しもできずにそのまま残ってるんですね」

「そいつらは権威づけのためかは知らないが、神社や寺の関係者から悪霊憑きみたいな連中まで、全国各地から掻《か》き集めてたらしいからな。ああいう像も信仰の対象をひとつに絞らない方が都合よかったんじゃねえか」

「片岸さん……」

宮木が心なしか怪訝《けげん》な目で俺を見る。

「そんなことまで報告書に書いてありました？」

「調べたんだよ」

俺は視線から逃げるように顔を背けた。確かに聞いた覚えがあるが、出処が思い出せない。読んだ、でも見た、でもない。聞いた、だ。それだけは確実だった。

向こうの山の木の葉はとうに枯れ落ち、細い木の枝だけ残っているのか、神像が前来たときよりもはっきりと見えた。そうだ、俺は二年前もこの像を見ているじゃないか。

何故、宮木に言われるまで思い出しもしなかったのだろう。六原の故郷の村から帰ってだいぶ経ったが、これほど記憶が曖昧《あいまい》になるということは、思いの外疲れているのだろう。

宮木はそれ以上追及せず、神像のある山に背を向けて廃線の方を向いた。

「あの大きな枡《ます》みたいなのは何でしょうね？」

崩落しかけた屋根の真下に二メートル四方の木枠で作られた囲いがある。中は泥と濡《ぬ》れ落ち葉が溜《た》まり放題になっていた。

「さあな……」

言ってからふと、昔来たときにはこの木枠いっぱいに土の色をしたお湯が満ちて、夏の日差しを受けて輝いていたのを思い出す。

「足湯だ。確か足湯があった」

「足湯ですか」

「たぶん……泥みてえな色してたからあの頃から使われてなかったんだろうが……」

俺はこめかみに手をやる。本当にこの土地の記憶だろうか？　別の場所と混同してはいないか？

「片岸さん、本当に一回ここに来てるんですよね？」

宮木は怪しむというより気遣わしげな目で俺を見た。

「来てるよ」

俺はフェンスにもたれかかるように置かれた、褪《あ》せた水色のベンチに腰を下ろした。ここに来てから頭に靄《もや》がかかったように記憶が曖昧になる。何か重要なことを忘れている気がする。得体の知れない空虚さと焦りを押し隠すように、俺は煙草に火をつけた。

宮木が無言で隣に座る。

「二年前、確か別の仕事を終えた帰りに、六原からついでに見てきてくれって言われてここに来たんだ。まだ新人だったし、疲れてた。だから、記憶が曖昧なんだと思う」

聞かれてもいないのに、俺は言い訳するように言葉を紡いだ。

「大変でしたね。その頃から六原さんに仕事を押し付けられてたんですか？」

「実咲と結婚した頃からずっとだ」

宮木が苦笑する。つられて俺も笑い、少し焦燥感が和らいだ。

「そのときはひとりで来たんですか」

「いや……」

俺の指先からぽとりと灰が落ちた。灰皿を探すと、鄙《ひな》びた温泉旅館にあるような赤いブリキのスタンド式灰皿がある。中に溜まったコーラ色の雨水に吸殻が三本浮いていた。

「先輩たちと来たと思う。三輪崎っていう関西出身の男の先輩がいて……それと、名前は覚えてねえけど、女の先輩もいた……いや、そっちはこの村まで来なかったか。たぶん前の村で別れて、ふたりだけで来たはずだ」

「三輪崎さんって職員には会ったことないですね」

「知らねえだろうな。面倒見のいいひとだったんだけど、ちょっと精神病んじまったんだよ。さっき話した新興宗教の調査だって、仕事でもないのにひとりでこの村に来てみたり。確か宮木がこの部署に来る前に無期限休職になった」

これも、今口にするまで頭から消えていたことだ。新人の頃世話になった、あの穏やかな話し方と眼鏡の奥の細い瞳《ひとみ》は鮮明に思い出せるのに、どうして忘れていたのだろう。

「女性の方の先輩は……」

「行方不明だ」

「大丈夫なんですか、それ」

「この仕事なら、ない話じゃねえよ」

俺は傾きかけた灰皿に吸殻を捩《ね》じ込んだ。

「この村、本当に大丈夫なんですかね……」

「村自体は本当に何もなかった。何にもなさすぎて覚えてねえだけだ」

無意識に誰かに言い聞かせるように話している自分に気づく。宮木はここへ来るまでの高速バスのせいで凝り固まった肩を回して大きく息をついた。

「確かに村人とも会いませんし、変なことも起こってませんし、本当に何もないみたいですよね」

「ああ……だが、失踪《しっそう》事件は何度も起こってる。発端となった謎の発光に新興宗教。いまいち関連性が摑《つか》めないが手がかりになりそうなことはある。実咲もここで消えた」

「資料が正しければそうですね……」

俯《うつむ》いた宮木の横顔に陰を感じ、俺は繕うように大げさに勢いをつけて立ち上がった。

「よし、とりあえずいつも通り近隣住民に聞き込みから始めるか。それから、六原に〝黙しの御声〟の跡地に入る許可を取る。どっちにしろ人里まで降りねえと電話も借りられないからな」

「連絡手段が限られる場所は不便ですね」

宮木は鞄《かばん》の中から取り出した携帯ゲーム機をちらつかせた。

「こんな小さい端末がゲームをするためだけにあるんですよ。電話なんてもっと使うものが持ち運びやすくなったらずっと有益だと思いませんか」

「有益なもんより無益なもんのが作りやすいんだろ」

「もしくは、無益だから見逃されてるか……」

聞こえるか聞こえないかの声で宮木が呟《つぶや》いた。聞き返すが、返答はない。

「じゃあ、行きましょうか」

宮木も立ち上がる。朽葉色の山頂には相変わらず巨大な神像の頭部が覗《のぞ》いていた。これなら道を聞くまでもなくすぐに辿《たど》り着けそうだ。上の方に気をとられていると、爪先《つまさき》が石よりも儚《はかな》い感触の何かにぶつかった。

足元に視線を下ろす。レンズが割れて、ひしゃげたフレームだけが残った眼鏡が地面に落ちていた。細い銀縁は記憶の中の穏やかな瞳を思い起こさせる。錯乱した三輪崎が保護されたのもこの村の付近だったと聞いたことがある。本当に何もないのか、この村は。視界に黒い靄がよぎったような気がした。

俺は雑念を振り払う。それをこれから調べるんだろう。

眼鏡の残骸《ざんがい》の少し離れた場所に、泥に埋もれた小さな三角形が見える。ホテルの従業員がつけるような黒いリボン付きのバレッタが、壊れた金具と飾りの先端だけ地中から覗かせていた。思わず近づこうと思ったが、宮木の声に急《せ》かされて、俺は踵《きびす》を返した。

三

戦前から忘れられているような田舎だ。

道すらほとんど舗装されていない。道というより乾いた土の上に四方八方から伸びた木々が垂れ込めて、ときどきその間に廃屋じみた家屋がある。

「すごいですね、ここ。地図にもほとんど載ってません。あの駅以外山扱いですよ」

宮木が黄ばんだガイドブックを広げながら呆然《ぼうぜん》と呟く。

「聞き込みしようにもまずひとがいるかどうかだな」

見回すと、俺の肩くらいまである高さの赤い郵便ポストが目に入った。その陰に隠れるように電話ボックスと見紛《みまが》うほど小さな煙草屋がある。電話くらいは借りられそうだ。

回り込むと、木造りのカウンターに溶け込むような茶色い肌の老爺《ろうや》が座っていた。何も買わないのも悪いと思い、煙草を一箱買う。店主は笑顔も嫌な顔も見せず、煙草と一緒にピンク色の電話機を押し出した。受話器を耳に当て六原を呼び出すがなかなか出ない。ガラスのショーケースにはショートホープやゴールデンバットや峰《みね》に並んで、この土地と何の関係もなさそうな犬張子やこけしなどの土産物が陳列されていた。

宮木は律儀に聞き込みを開始し、店主と雑談を始めている。煙草の受け渡し用の穴だけ空いたガラスを隔てて喋《しゃべ》る様子は、刑務所の面会のようだと思った。

「何かこういうの刑務所の面会みたいじゃない？」

昔そう言った女がいた。実咲や他の知り合いではない。どこで、誰に聞いた？　ちょうどこんな寂れた土地で、肩まである髪を黒いリボンのバレッタでまとめた——

「六原ですが」

聞き慣れた平坦《へいたん》な声に思考が遮られた。

「あぁ、六原さん……俺だ、片岸だけど……今まで通り特に何の異常もない。一応居住区と新興宗教の施設があったところも詳しく調べては見るが構わないよな」

宮木がくすくすと笑う声が聞こえた。ガラスの向こうの老人も厳しい顔に微《かす》かな笑みを浮かべて応《こた》えている。

「都会暮らしの若いのはたまに田舎に来たくなるんだろうけどさ。たまにでいいんだよ。ここなんか住んでみな。蛇だのイタチだのが家に入ってくるんだから」

老人は日焼けした指に煙草を挟んで肩を揺らしていた。噎《む》せ返っているような笑い方と、中指と薬指で挟む独特の持ち方に覚えがある。この煙草屋に来て、この老人にあったことはないはずだ。以前、来たときは廃線だけ見て帰っただろう。

「どうかしたか？」

受話器の向こうで六原の声がくぐもって響いた。

「いや……あのさ……」

言うべきか頭の中で何度も考える。

「俺がここに来るの、二回目だよな？」

しばらくの沈黙の後、「そのはずだが」と、素っ気ない返事が来た。電話が十円玉をせびる音がする。もう切るとだけ返して離しかけた受話器から、聞き取れるか聞き取れないかの言葉が漂った。

「三輪崎もその村で保護される直前、そう言っていた」

聞き返す間も無く、無機質な電子音が通信の終わりを告げた。俺は狼狽《ろうばい》を隠して受話器を置く。

「本当に何もねえよこの村は。温泉はあるけど近所の爺《じい》さん婆さんで芋洗いだからな」

老人と宮木はまだ談笑を続けていた。

「でも、こういうところって神社とかありませんか？　私そういうの好きなんです」

宮木はしっかり仕事をこなしているようだ。

「あー、うちはないんだよな」

老人は顎《あご》に手をやって呻《うめ》く。

「うちの神様は像とか社《やしろ》みたいなもんは作らないんだよ。そういうの作ると結局神様自体じゃなく作りもんの方にばっか祈っちまうからさ。何にもないけどただそこで見守ってくれてる。そういうのが大事なんだよ」

老人は煙草の灰を灰皿の縁で叩《たた》いて落とした。この村に偶像はない。信仰の対象となる神の名前どころか伝承すらも聞いたことがなかった。宮木が俺を見る。捜査は難航しそうだ。とにかく宗教施設の跡地を目指すしかない。


〝黙しの御声〟の名残りはすぐに見つかった。

鬱蒼《うっそう》とした森に覆われた山道がそこだけアスファルトで舗装され、私有地につき進入禁止の看板が立ててあるのだ。山道を登りながら、木の葉の隙間から溢《あふ》れるどろりとした琥珀《こはく》のような光を見上げる。その光の下に、長いローブの裾《すそ》に包まれた巨大な足があった。廃線付近から見えた神像だ。

近づいて見るとやはり杜撰《ずさん》だと思う。足の指を作るのが面倒だったのか、アコーディオンカーテンのような裾を無理矢理引き伸ばして爪先まで覆い隠している。雨風で削り取られてだいぶ劣化しているらしく、崩れてこないか心配だ。威厳の欠片《かけら》もない。亀裂《きれつ》の入ったアスファルトの上を倒木が横断し、その先が大きな石畳の階段になっている。

「あれが……」

宮木が呟いた。森の中に、鉄柵《てっさく》で囲まれた三階建ての砂色の建造物が見えた。

「何だかホテルみたいですね」

「だな……」

蔦《つた》に覆われた外壁には洋風の小窓が等間隔で並び、入り口らしき部分の扉は外れて闇が口を開けていた。建物の背後に巨大な像の胴体が覗いていた。風が割れたステンドグラスにぶつかって奇妙な音階を奏でる。階段の先は堅牢《けんろう》な囲いに覆われていて入れそうにない。

「裏口を探すか」

俺は宮木に合図して、建物を迂回《うかい》するように獣道に入った。ぬかるむ足元に注意を払いながら森の中を進むが、柵は一向に途切れる様子がない。

「〝黙しの御声〟っていうのはどういう宗教だったんでしょう」

宮木が息を荒くしながら隆起した岩を踏み越える。

「カルト宗教なんてのはお題目だけ揃えてどれも内実は金儲《かねもう》けだけだろ……だが、どうも悪霊に憑《つ》かれた奴や何かの救済も謳《うた》ってたらしいな」

「妙な名前の団体ですよね」

「黙って神の声に耳を澄ませろ、ってことだろうな」

「神の名をみだりに唱えるなってていうのはキリスト教でもありますよね」

茶色い実をつけた蔦が迫り出していて、俺の頰を打った。

「それにこの村も偶像崇拝をしないみたいです。何か関連があるんでしょうか……」

「どうだかな……」

俺も息が上がってきた。様々な信仰を取り入れてできた歪《いびつ》な神ならこれまでも見てきたが、ここの神はまた違う。どこまで行っても実体が霞《かすみ》のようで何も摑《つか》めない。

「何にせよ〝黙しの御声〟は解体された」

俺は会話を打ち切って足を速めた。神像の背が真正面にある。ちょうど半周した辺りだろう。

「変なこと聞いてもいいですか」

背中に宮木の声がかかった。

「片岸さんの奥さんはその信者だったりしませんよね」

俺は冷たい手で心臓を引っ叩《ぱた》かれた気分になる。「違う」とだけ答えると、宮木はそれ以上何も言わなかった。

「そうじゃないかと思ったこともある」

悲鳴に似た風の音と沈黙に耐えきれず、俺は口を開く。

「この村で失踪《しっそう》したって聞いて、まだ〝黙しの御声〟の残党が残ってて、実咲がそれに頼りに行ったんじゃないかと思った。あいつは、悩んでたからな……」

光が建物に残ったステンドグラスを透かして、足元に七色の影をちらつかせた。

「実咲が失踪して簞笥《たんす》を調べたとき、心療内科の処方箋《しょほうせん》が出てきた。俺には何も言わなかったが幻覚の症状があって相談してたらしい。出身があの村だ。俺に言っても信じないと思う何かが見えてたのかもな」

俺は何も気づかなかった。今もそうだ。実咲が消えたのはこの村だったはずなのに、彼女の故郷に行ったときは、何故忘れていたのだろう。

「それで宗教に頼った、と？」

「俺よりかは力になると思ったんだろ」

笑ったつもりだったが掠《かす》れた声が漏れただけだった。

「片岸さんのせいだと思ってます？」

靴音が大きく聞こえ、後ろから来た宮木が隣に並んだ。

「いなくなったひとは何も言ってくれませんからね。真実を究明するより自分を責める方が楽です。でも、それは怪異に勝手な臆測《おくそく》で解釈をつけて安心するのと同じことですよ」

宮木は真っ直ぐに俺を見つめていた。

「お前、たまにすごく厳しいよな」

今度は上手《うま》く笑えた。歩調を合わせていたはずなのに、いつの間にか宮木の方が先行している。

「なあ、俺も変なこと聞いていいか？」

「何ですか？」

実咲の故郷のあの村の地下に閉じ込められたときから、ずっと気になっていたことだ。今までも俺は重要なところで何度も宮木に救われていると思う。だが、あのときはもっと特別だ。

「例の村の地下で蠱毒の神に追いつめられたとき、宮木が前に飛び出しただろ。そのとき、神が怯《ひる》んだように見えた。お前、何か霊媒師の家系とかそういうのあるのか？」

宮木は一瞬きょとんとしてから吹き出した。

「霊媒師？　私がですか？」

声を上げて笑われると、ひどく馬鹿馬鹿しいことを聞いたと思い知らされる。

「笑うなよ、そう見えたんだから……」

「全然違いますよ」

「ただのハッタリだったってことか？」

「そういうわけでもないですね」

笑いの残っていた表情が少し引き締まった。

「じゃあ、何だ」

「あの神はひとの恐怖を餌にするんでしょう。私には怖いものは、もうありませんから」

「もうないって……」

何かに靴先がぶつかってつんのめりそうになった。足元を見下ろすと、木の根に立てかけるようにピンクのリュックサックが落ちていた。俺は屈《かが》んでナイロン生地の表面の土を払う。緑色のうさぎのようなキャラクターが描かれている。

「何だこれ。随分古いな」

「そうでもないですよ」

宮木が隣に屈んだ。

「それ、今年の春頃やってた子ども向けアニメのキャラクターです。可愛いって大人でもグッズを買うひとが多かったんですよ」

それなら少なくとも今年のうちの遺失物ということになる。登山客が来る山でもないし、忘れ物にしても丸ごと置いていくだろうか。村民が入ったときうっかり足を滑らせて、救急搬送されたときに荷物が置き去りになった。ない話ではないが、そもそも地元の人間がリュックサックを背負うような大荷物で来ないだろう。熊か野犬が出て慌てて荷物を放り出して逃げた。これが一番ありそうだ。

気づけば最初の石畳の階段の前まで来ている。一周していたようだ。

「害獣が出たら面倒だし、早く切り上げた方がいいかもな」

そう言ったとき、宮木が硬直した。早速出たかと思ったが、違った。俺も息を呑《の》む。

来たときは気づかなかったが、葉が落ちた木々の茶色に場違いないくつもの色が絡んでいる。太い枝にかけられたスカイブルーのダウンジャケット。木の洞《ほら》に押し込まれた臙脂色《えんじいろ》のポシェット。乾いた葉に埋もれた、ほとんど黴《かび》で灰色に変色したオレンジのセーター。皮がささくれた根に挟まれた黒と白のギンガムチェックのスニーカー。

確かにひとがいた痕跡《こんせき》がそこら中に散らばっている。持ち主を失った物たちの死骸《しがい》を森の上から神像が見下ろしていた。

四

俺と宮木は汗だくになって下山した。汗は頭から冷水を被《かぶ》ったように冷たく、靴底やスーツのズボンにへばりついた土は鉛の重さで動きを阻害した。

「何なんだよ、あの山は……」

「まさかとは思いますけど……」

宮木が強張《こわば》った笑顔で呟《つぶや》く。こういう顔をしているときに出てくる言葉は大抵一番聞きたくないものだ。

「この村の神は山に入った人間を木に変える、とかじゃないですよね？」

「いや……」

否定してから論拠になるものを頭の中で探るが出てこない。宗教施設の周りに散乱した遺失物、全く痕跡が摑めない失踪者。もしここで三輪崎が木に変貌《へんぼう》していく人間を間近で見たとしたら、精神が耐えきれなかったのにも説明がつく。悪い方に加速する考えを押し出そうと、俺は失踪者リストを思い返す。

「失踪者の目撃情報は廃線の辺りで途絶えているものが多い。山に登った奴はいたとは聞いたことがない。たぶん、もっと何か別のものだ……」

尤《もっと》もらしく答えたはいいが、確固たる自信はないままだ。幸い宮木はそれ以上追及することなく服の泥を払った。重い足取りで俺たちは延々と続く田舎道を歩き始めた。

「洋服だけでも何とかしたいですね。手と顔も洗いたいし……」

「そうだな」

緑の雲海に埋もれるようにして建つ、古風な瓦《かわら》屋根付きの二階建ての家屋が目に入った。白い漆喰《しっくい》が剝《は》がれかけていて廃墟《はいきょ》かと思ったが、二階のベランダから垂れる藍色《あいいろ》の旗には、冗談のように「素泊まり、日帰り入浴・可」と書いてある。隣接する木造の小屋は換気扇とガスメーターと色褪《いろあ》せた消火器が取り付けてあり、扉の磨《す》りガラスの向こうに古めかしい洗濯機があった。

「旅館とコインランドリーか？」

ちょうど宿の方から短髪の老女がゴミ袋を持って現れた。俺たちに気づくと微笑んで会釈する。

「すみません。宿泊客じゃないんですが、ランドリーだけ借りてもいいでしょうか」

洗面台くらいあるだろうと思って声をかけたが、宿の主人らしい老女は鷹揚《おうよう》に頷《うなず》いた。

「どうぞ、どうぞ。寒いですからロビーの方でお待ちいただいて構いません」

スーツを丸洗いするわけにもいかず、俺たちは泥まみれの服を拭《ぬぐ》って、真っ黒になったタオルを洗濯機に放り込んだ。小銭を入れてスイッチを押すと、甲高い電子音が鳴り、壊れるんじゃないかと不安になる音を立てて洗濯機が回り出した。

「とりあえず、休むついでに聞き込みでも再開するか」

「そうですね、ここの神や信仰の情報もまだ全然ありませんし」

宿に入ってすぐの空間は旅館のロビーというより銭湯の番台のようだった。湾曲した木造りのフロントに貸し出し用のタオルのサンプルが垂れ下がっている。水垢《みずあか》で汚れたショーケースには瓶のビールとオレンジジュース。ウレタンが飛び出したマッサージチェアに黄ばんだカバーが被せてあった。奥の大木をくり貫《ぬ》いた謎のオブジェが埃《ほこり》まみれなのも相まって、やはり廃屋じみていると思う。

汗と、先ほど服を拭ったときの水分が気化して冷える腕をさすっていると、フロントの中から女将《おかみ》が首を伸ばした。

「ここの土着の信仰の調査ですか？」

俺はぎょっとして老女を見る。宮木も流石に答えあぐねていた。

「スーツのひとが来るときはだいたいそうですから。東京の方でしょ？」

女将は事もなげに淡々とタオルを畳んでいる。村の内部まで入って聞き込みをした調査の記録はあっただろうか。この案件の報告書一枚見るだけで随分煩雑な手続きを強いられた。俺たちが見ることのできない資料がまだ所蔵されていたのかもしれない。

「ここの山は補陀落山《ふだらくせん》とかって呼ばれててね」

手触りの悪そうな薄いタオルを棚に押し込めながら女将が言い、宮木が頷いた。

「補陀落山というとインドの南方にあるといわれた仏教の霊峰ですね。日本でもその名前のついた寺院がありますし」

「ああ、そっちじゃなくて。若いひとは知りませんよね。補陀落渡海っていう」

「修行を積んだ高僧が二度と戻らない航海に出て教えを民衆に知らしめるっていう捨身の行か……この近くに海はありませんが」

話に入った俺に、女将は乾いた笑みを浮かべた。

「ええ、そう。だから、そういえば聞こえはいいんですけど要は姥捨山《うばすてやま》ですね」

俺と宮木は口を噤《つぐ》んだ。日本各地の寒村に働けない老人や病人を捨てる慣習があったことは知っているが、実感を持ったのは初めてだ。

「姥捨の習慣があったところっていうのとはまた違うんですよ。ここはね、捨てられた老人や病人が作った村なんですって」

女将はショーケースに指紋がつくのにも構わず両手をついた。

「昔この土地に住んでたお坊さんが修行で山に籠《こも》ったとき、姥捨で捨てられたお爺《じい》さんお婆さんが木の実や獣を食べて何とか命を繋《つな》いでいたところに出くわしたんですって。お坊さんは可哀想に思って、彼らをお寺に匿《かくま》ってね。以来、病気のひとや老人が捨てられるたびに助けに行って、いつの間にかひとつの集落になっていたんですって」

フロントの奥で達磨《だるま》ストーブにかけた薬缶《やかん》が鳴る音がした。

「もうお寺じゃ匿いきれないってことで、お坊さんと捨てられたひとたちが山から降りて辿《たど》り着いたのがこの場所ね。こうやって四方が山に囲まれたところだから誰にも見つからないと思ったんでしょう」

女将は薬缶を持ち上げて少し揺すってからまた元の場所に置く。

「村に逃げ込んで来るのはみんな元いた場所にいられなくなったひとばかり。病気もそうだし、昔は今より迷信深かったから悪霊が憑いてるなんて言われたひともね。そうして、村が大きくなった頃、お坊さんが祈禱《きとう》を行ったんですって。大きなお寺や仏像を作ったら余所《よそ》のひとの目につくから何も作らずに。『どうかこの村が誰にも知られず、ずっと続きますように』ってね」

「だから、〝知られずの神〟か……」

俺は思わず呟いた。誰にもこの地を知られたくないという望みをかけられた神は、幾度もの調査でも尻尾《しっぽ》を摑《つか》ませず、依然謎のままでいる。何か気づきようのない力が働いている気がした。女将は乾いた笑みを浮かべたままだったが、瞳孔《どうこう》をわずかに鋭くした。

「だから、あの無遠慮に大きな像と建物が造られたときにはみんな反対したんですよ。うちの神様に悪いじゃないですか。それに、全国から心の弱ったひとを集めたなんて、うちの神様の猿真似みたいなことして」

強い語気に宮木が曖昧《あいまい》に笑う。俺たちがたじろいだのに気づいたのか、女将はすぐ目《め》尻《じり》を下げて誤魔化した。

「洗濯にはもう少しかかりますかねえ」

老女はフロントの中を探り、一冊のノートを取り出した。学生が使うような罫線《けいせん》ノートだが、端は破れ、背表紙は半分剝がれ、表紙も日焼けでほとんど白くなっている。

「お暇でしょうし、見ます？　お客さんがたまに記念に書いていってくれるんですよ」

俺は古びたノートを受け取った。表紙には「九七年一月一日～」とある。俺がページをめくり、宮木が横から覗《のぞ》き込んだ。何のことはない。本当にただの旅行の記念の書き込みだ。達筆な字で文筆家を気取った益体も無い記録もあれば、若い学生が来たのか見たことのない漫画のキャラクターのイラストがなかなか上手《うま》く描かれていたりもする。


いいお湯でした。また来ます。

秘湯発見！

来年も再来年も一緒に来ようね、大好き。

〇二年八月二十一日、二回目。


取るにたらない書き込みの中に、ひどく簡潔な日付と回数だけの一文がある。俺が凝視しているのに気づいたのか、宮木も薄くなりかけたボールペンの筆致に目を凝らす。

「常連さんですかね……年に何回来られるかチャレンジのような……」

その字にどこか見覚えがある気がした。

「何でしょう、M・Mって書いてありますね。書いたひとのイニシャルでしょうか」

指された点を見ると確かにジグザグの走り書きが文字の横にあった。俺はページを捲《めく》る。書き込みの中に同じ筆跡の記録がある。

〇二年十月十三日、二回目。〇三年一月二日、三回目。

同じイニシャルの走り書きもついていた。別段意味もない日付と回数が妙に引っかかった。訪れた記録にしてもなぜたったこれだけしか書かないんだ。ほつれて千切れそうなページを注意深くつまんだ。光に透けた紙の裏からでも強い筆圧がわかった。俺はページを捲った。

〇三年二月二十三日、四回目。

君は何回目だ？

一ページ丸々使って二行の文言が大きく書かれていた。

「いや、すごい情熱ですね……でも、四回ってきりが悪くないですか？　どうせなら五回とか十回でいいのに……」

鼻白んだ宮木が苦笑する。俺は相槌《あいづち》も何も打てない。異様な筆致に圧倒されたからではない。この字の癖とイニシャルの持ち主を思い出したからだ。三輪崎愛次。この村で精神に異常をきたして未《いま》だ療養中の俺の先輩だ。忘れていた彼の声が蘇《よみがえ》り、頭の中で反響する。俺がここに来るのは何度目だ？

俺は叩《たた》きつけるようにノートをフロントに置いた。

「宮木、ここで待ってろ」

線路跡のほど近くにあった足湯の跡が脳裏をよぎる。

「いや、やっぱり離れるな。ついてきてくれ」

出口に向かい始めた俺を慌てて宮木が追う。

「どこ行くんですか、片岸さん！」

「線路跡に戻る」


険しい山道を登るが息苦しさは感じなかった。それどころじゃない。一歩進むごとに夕陽で黒い影を落とす木々がざわめき、鳥が苛《さいな》むように鳴く。俺は宮木が息を切らしながらついてくるのを確かめながらひたすら足を速めた。廃線の線路の上の土砂崩れの痕《あと》と埋もれた鳥居の先端が近くなってくる。フェンスにもたれかかるように置かれたベンチが見えて、俺は足を止めた。

「片岸さん、どういうことなんですか。説明してくださいよ！」

言葉が出てこなかった。

「俺がここに来るのは、二度目のはずだよな……」

濡《ぬ》れて濃く変色した落ち葉が溜《た》まりきって溢《あふ》れそうな正方形の木枠がある。

俺は足をもつれさせながら近づいた。雪の名残りで濡れた土の中に、黒いリボンのバレッタが埋もれている。俺はこの持ち主を知っていたはずじゃないか。脳を鉄串《てつぐし》で突き刺されたような頭痛が走った。ベンチの脚のそばに折れた眼鏡が落ちている。

「井沢先輩……三輪崎先輩……」

頭痛がひどくなる。宮木が俺の肩を支えて、倒れそうになっていた自分に気づいた。上から何かが俺を見ている気がした。俺は必死で頭を抱えて地面だけを見る。今上を見上げたら、山の間から俺を見下ろしている神像が見えてしまうはずだ。それの頭部に取り付いた、しわにまみれた黒い靄《もや》のような顔も。

「知られずの神……」

この村の神の本質は誰にも知られないことじゃない。知ってしまった者を跡形もなく、誰ひとり残さず消し去ることで、秘匿を守り続けることだ。

五

脳の芯《しん》を貫くような頭痛が微《かす》かに引いてきた。

宮木が俺の背中をさすっていたことに気づき、重い頭を振って立ち上がる。無意識に視線が上がって、針のような細い枯れ枝の間からそびえる神像を見た。知られずの神を誰かに知らしめようとしたものはどこへ消えた。誰も知らない場所に連れ去られるのか、俺が三輪崎たちを思い出せなかったように、誰からも認識できないようにされるのか。もっと最悪な、それこそ人智の及ばない事態に見舞われているのだろうか。

「実咲……」

まだ俺はその名前を覚えている。笑っていても哀しげに見える泣き黒子《ぼくろ》も、「幸せになっていいのかな」と呟《つぶや》いた掠《かす》れた声も。

俺は汗を拭《ぬぐ》い、ぼやけた輪郭の神像を睨《にら》む。隠れていたい連中を隠してやるのはいい。だが、それを望んでいない人間は？　ふと、不安が胸をよぎる。もし、実咲自身が望んでいたことだったとしたら。

「確かめないことにはな……」

俺は不安を打ち消すようにかぶりを振った。

「宮木、一緒に来てくれるか」

人間を丸ごと消し去るような神に太刀打ちできるとは思えないが、少なくとも離れて行動するより幾分かマシなはずだ。そう思いたい。

「勿論《もちろん》ですよ。さっきからそうしてるじゃないですか。こんな坂道走らされて」

呆《あき》れた笑い方は見慣れたものだ。まだ忘れていない。大丈夫だ。

「それで、どこへ？」

「補陀落山だ。〝黙しの御声〟が何をやってたか突き止める」

日は落ちて、崩れかけた廃墟《はいきょ》は闇に溶かされている最中のように朧《おぼろ》げだった。失踪《しっそう》者たちの遺留物を掻《か》き分けながら進むたび、ペンライトの光が怯《おび》えた瞳《ひとみ》のように揺れ動く。錆《さ》びた鉄柵《てっさく》から剣のような枯れ枝が突き出していた。

「どうします？」

俺は錆びの激しい部分を探して蹴《け》りつけた。山中に響き渡るような音三回で鉄柵の一画が後ろに倒れる。朽ちた南京錠と鎖がじゃらりと落ちた。ここが扉だったらしい。

「公務員なのに」

「公務員じゃなくても住居侵入は犯罪だぞ」

倒れた鉄柵の向こうには更に階段があり、建物まで続いていた。ぼやく宮木がちゃんといるのを確かめてから、俺はひび割れた石段を上った。

靴底に砂利が嚙《か》みつく音だけがする。夜風が時折悲鳴を上げた。蔦《つた》に覆われた洋館の前に辿《たど》り着く。入り口の扉は傾いて内側の闇が染み出していた。俺は分厚い板戸に手をかけ、ゆっくりと押した。

埃《ほこり》と濡れた落ち葉の匂いが噴き出した。俺と宮木は視線を交わし、中に踏み入る。

入ってすぐ、荒《すさ》んだ空間が広がっていた。空間というより木板がささくれて下の土が剝《む》き出しになった床と、剝《は》げたタイルが疥癬《かいせん》のように残る天井の間にぽっかり空いた隙間のようだ。破れた窓の下には長椅子がバリケードのごとく積み上げられていた。

「礼拝堂でしょうか？」

「かもな」

窓に残ったステンドグラスの縁取りが見える。昼間は七色だったガラスが今は全て夜の色だ。雨に浸食されて欠けた天井から一条の月光が降りて、陰鬱《いんうつ》に濡れた床の上に置かれたテーブルと二脚の椅子が照らされていた。来客を待ち構えたまま風化したような光景に、椅子に座した誰かがくるりとこちらを向く姿を幻視し、寒気がした。

「見たところ、普通だな」

半分は自分に言い聞かせた言葉に、宮木の不穏な声が重なった。

「いや、変ですよ……」

「何？」

「あそこのテーブル、幅が狭すぎますよ。真ん中に変な線が入ってますし。椅子にも背もたれがありません」

目を凝らすと、確かにテーブルは通常の半分ほどの広さで、クッションの黴《か》びた椅子は傾いている。どこかの壁についていたものを引きちぎって置いたようだ。

「あれって懺悔《ざんげ》室に置くものじゃないですか？　狭い囲いの中に置くし、長居しないから背もたれは要りません。テーブルも衝立《ついたて》を置いて神父と信者を隔てるのに使うとか」

「いくらなんでも……」

飛躍しすぎだろ、と言いかけて、礼拝堂の最奥に古い電話ボックスのようなものを見つけた。洋風の彫刻が施された木製のそれはちょうど、大人ふたりが何とか入れる大きさだ。宮木が小さくガッツポーズをする。

「何でも楽しめていいよなお前は」

天井から垂れるライトや梁《はり》に注意しながら俺は足を進めた。

懺悔室には上部に格子のついた観音開きの扉があり、格子に百合《ゆり》の花の模様があしらわれていた。試しに手をかけると抵抗なく開いた。手の平ほどの蜘蛛《くも》が這《は》い出して声を上げそうになった。

「流石に何も残ってねえか」

点検するようにライトを当てると、懺悔室の床が一部分だけ色が違う。そこだけが鉄製になっていた。

「扉ですか？」

宮木が俺の肩から覗《のぞ》き込んだ。試しに屈《かが》んで埃を払ってみる。有るか無しかのつまみがあった。一瞬躊躇《ちゅうちょ》してから俺はつまみに力を込めた。爪が割れそうな重みに伴って、徐々に扉が開く。全開になった反動で後ろに転びかけた俺の肩を宮木が摑《つか》んで留《と》めた。床に置いたライトが照らす先には、深い闇と無限にも思える階段がある。地下通路だ。

「降りるか？」

「仕方ないですね」

六原の故郷で見た悪夢は未《いま》だ鮮明だが、そうも言っていられない。俺たちは両端の壁に手をついて注意深く地下へ下った。

　差し出した爪先《つまさき》が硬質な床にぶつかる。階段が終わった合図だ。

「何か見えます？」

　後ろから宮木の声がする。壁の感触が乾いた心許《こころもと》ないものになった。紙を重ね合わせているようだ。こんなところに襖《ふすま》や障子があるだろうか。指先がスイッチのようなものに触れた。電気が通っているはずがないと思いつつ力を込めると、強烈な光が目を刺した。光に目が慣れ、映った景色に俺は絶句する。

「何だよこれ……」

　紙片が張り巡らされていた。正面の壁を丸ごと覆う日本地図。白黒とカラーの無数の写真。学術論文から和紙に書かれた漢文のコピーのようなものまで、膨大な何かの資料で隙間なく埋め尽くされた、異様な空間だった。一歩踏み出した俺に宮木が並ぶ。俺たちは言葉を失ったまま、紙の海に踏み出した。

　右の壁は一面の写真だ。寒村の風景を写した白黒写真は、無表情な村人の顔に変わり、肩や膝《ひざ》の接写になる。被写体には奇妙な星形の痣《あざ》が浮いていた。その下に、ダム湖や港を写した比較的新しい写真がある。

　左は画像ではなく文字だ。新聞の切り抜きや何かの本の転写。何度も複写されて掠れた文字が「老不」「夢」と見えた。

「片岸さん」

宮木が正面の日本地図を指す。古びて端がほつれて丸まった地図には血のような赤ペンの軌跡があった。所々画鋲《がびょう》で写真や切り抜きが貼り付けてあるが画質が悪くて判別できない。俺は丸く囲われた一点に目を止めた。俺と宮木が前に行った、巨大な眼球や耳が毎年落ちてくる村はあそこじゃなかったか。更に、地図の海沿いに赤線が引かれている。人魚を奉る漁村。ダムに沈んだ村。

「領怪神犯……」

漏れた言葉に宮木が頷《うなず》いた。地図の端が何度も捲《めく》ったように丸まっている。俺は端を摘まんで一気に引き剝がす。紙が裂ける音がして、下から堅牢《けんろう》な本棚が現れた。

空っぽの棚の中に一冊だけ緑色のファイルが残っている。表紙には何も書かれていない。ファイルから写真がはらりと落ちた。宮木が空中でそれを摑んで取り上げる。

セピア色の写真には六人の男女が写っていた。白衣の男、スーツ姿の男女三人、軍服の男、私服の老人。裏返すと、ボールペンで各々の名前らしきものが書いてある。

「上田《うえだ》、梅村《うめむら》、三原《みはら》、冷泉《れいぜい》、宮木、都賀《つが》……」

俺は読み上げてから宮木を見た。

「私は知りませんよ」

本当に宮木が何か関わっているなら、妨害なり誘導なりしたはずだ。俺は頷くと、ファイルを持ち直し、そっと開いた。

〝善とも悪とも呼べない、人智を超えて人間たちの日常に亀裂《きれつ》を入れる、奇怪にして不可侵のおぞましい神々とその奇跡を、領怪神犯と呼ぶ。これは日本国を守るための研究である〟。

仰々しい序文のみ記した紙の次には、夥《おびただ》しい資料が挟まれていた。

・笑面の変死体多数。調査の結果、緊急の要なし。
・山岳地帯での発光。住民が壁のようなものを目撃。領怪神犯「光る腕の神」と見なす。対応完了。
・新たに建設されたダム湖にて住民が巨人を目撃。領怪神犯「水底の匣の中の神」。緊急の要なし。
・内臓を摘出された死体発見。領怪神犯「ひと喰《く》った神」。住民からの調査協力得られず。
・領怪神犯「這いずる神」。対応完了。
・領怪神犯「火中の神」。対応完了。
・領怪神犯「こどくな神」。調査断念。
・農村に巨大な眼球の落下を確認。領怪神犯「ひとつずつ降りてくる神」。調査継続。

聞き覚えのないものもあるが、殆《ほとん》どが俺たちが調査に向かった先で見た神々の記録だ。

「どうなってる……」

「〝黙しの御声〟は領怪神犯を調査する組織だったんでしょうか」

そうだとしたら、領怪神犯の発生が増えた九九年に失踪者が重なっているのも関係があるのかもしれない。俺はページを捲る。一枚の遊び紙を挟んだ次のページにはこうあった。


〝人的措置〟。

〝補陀落山に巨影あり。以降、領怪神犯「知られずの神」。談話の結果、その性質を人的措置に流用する〟。

俺と宮木は顔を見合わせ、先を急いだ。

〝「光る腕の神」対応後、住民・河原才子が頭痛と発熱を訴える。領怪神犯の影響と断定。人的措置で対応。

「這いずる神」対応後、住民・松後瑞樹、三河有途が山道を這う何者かを見たと訴える。領怪神犯の影響と断定。人的措置で対応〟。

失踪者《しっそう》リストにあった名前だ。

〃「知られずの神」の全長五十センチ拡大を確認。談話の結果、新興宗教施設の誘致を決定。神像建設による秘匿処理と更なる人的措置の振興を目的とする。銭田文六、帷子経子、人的措置〃。

以下、続く名前はどれも失踪者と合致する。ページを捲る手が震えで止まった。

ここで領怪神犯の研究がされていたことは確かだ。信じられないが、写真の中の奴らは、俺たちと違い、神の無力化まで成功させていたらしい。だが、その後も神の影響を受け続ける人間はいた。そこで――。

「人的措置って……知られずの神にそのひとを消させるってことですか」

宮木の声も震えていた。神の影響を受けた人間ごと消し去ることで、奴らは対応完了としていた。宗教団体を誘致し、各地から領怪神犯の情報とそれに悩む者を一層盛大に集めながら。その中には実咲も含まれていたのだろう。

「ふざけんなよ……」

俺の手からファイルが落ちる。床に叩《たた》きつけられたファイルから紙束が弾《はじ》け飛んだ。広がる紙には几帳面《きちようめん》な字とは似ても似つかない乱雑な筆跡が残されていた。

〃「知られずの神」の全長拡大を確認。談話の結果、人的措置を一時停止する。

宗教団体が解体されても日毎信者が集まってくる。

「知られずの神」の全長拡大を確認。我々の感知しない失踪者多数。

補陀落山に公的な調査員が派遣されている。一時的に全ての活動を停止する。

「知られずの神」の全長拡大を確認〟。

俺は爪先で紙束を蹴《け》った。かさなっている最後のページには赤ペンで書き殴ったノートの切れ端が挟まれていた。

〝本日を以《もっ》て無期限に活動停止する〟。

〝その神々は、人間の手には負えない〟。

一体ここで、奴らに何が起きた。

「なあ、宮木……」

俺が振り返った瞬間、辺りが柔らかな光に包まれた。

六

光が徐々に薄れていく。

それと同時に、地下で聞こえるはずがないものが聞こえてきた。木々のざわめきだ。冷たいが不快ではない風が頬に触れた。光に眩《くら》んだ目が徐々に慣れて辺りの風景を映す。青々とした木々に柔らかな昼下がりの陽光が注ぐ、長閑《のどか》な山道が広がっていた。

「嘘だろ……」

幻覚だと自分に言い聞かせるが、シャツの襟や袖《そで》から入り込む風の温度も、水と土の豊かな匂いも、鳥が木の枝を揺らす微かな音も全てが生々しい。狂気じみた地下の研究室は跡形もなく消えていた。

「宮木」

辺りを見回すが、姿は見当たらない。混乱する頭で思考を巡らせると、緩やかな傾斜と獣道のうねりに既視感を覚えた。ここは俺たちが登ってきた補陀落山だ。しかし、廃墟《はいきょ》も杜撰《ずさん》な神像もない。山そのものを包み隠すような森が空を覆っているだけだ。

「何だよここは……」

俺は恐る恐る一歩踏み出す。ぬかるんだ泥で靴底が滑る感覚も現実としか思えなかった。遠近感の狂いそうな山道を進むと、茂みから物音がした。梢《こずえ》の陰からこちらを窺《うかが》う痩《や》せた少年と目が合う。時代錯誤な洗いざらしの麻の着物を纏《まと》っていた。

「あの、ちょっといいか」

少年は俺を眺めてから、踵《きびす》を返して導くように獣道を歩き出した。俺はその後ろをついていく。我ながら迂闊《うかつ》だったと思う。怪異の真《ま》っ只中《ただなか》で、得体の知れない存在に声をかけるなどどうかしている。宮木がいたら溜息《ためいき》をついただろう。今はそれも望めない。もう調査どころじゃない。とにかく宮木に合流してここから抜け出すのが最優先だ。

　少年は足を止め、茂みが途切れた箇所を指さした。ちょうど廃墟があった山の中腹だ。俺は彼を追い越し、示された先を見て、息を呑《の》んだ。そこには小さな集落があった。荒地を切り拓《ひら》いた畑にはひとびとが集っていた。農具を洗い、空を眺め、思い思いに過ごす住民たちは子どもから老人までいる。どこにでもある田舎の集落だ。

　ただ服装だけが着物姿から現代と変わらない服装までまばらだった。蓮華《れんげ》の花がかすかに芽吹いた斜面で、不釣り合いなスーツ姿の女がいた。土で少し汚れたストッキングと、セミロングの黒髪。女が俺を認めて言う。

「片岸くん？」

「井沢さん……」

　ここに来るまで忘れていた、俺の上司だった井沢がそこにいた。

「無事だったんですか」

「来ちゃったんだ」

井沢は曖昧《あいまい》に笑う。俺は思わず詰め寄った。

「今まで何してたんですか。ここは何です。ここの連中といい神といい、どうなってんだ」

俺の剣幕に気圧《けお》されたのか、井沢は少し目を丸め、すぐに俯《うつむ》いた。

「片岸くんならもうわかるでしょ」

頭に流れ込んでいたが、整理する暇のなかった情報が駆け巡る。補陀落山の集落、時代の違う服装の人間たち、失踪した井沢。

「知られずの神に消された人間の溜《た》まり場……か？」

井沢は静かに頷《うなず》いた。俺もとうとう消されたのか。おそらく宮木も。ここを調べようと思った者が皆辿《たど》った末路だろう。ミイラ取りがミイラになる。地下室のノートの一文が過《よぎ》った。神々は、人間の手には負えない。

井沢は俺を宥《なだ》めるように微笑んだ。

「私はここに来てよかったよ。弟にも会えたし、同じようなひとが沢山いるし」

「いいわけあるかよ。こんな神隠しみたいな……」

声が掠《かす》れて上手《うま》く出ない。井沢はふと顔を上げた。

「片岸くん、会わせたいひとがいるの」

俺は井沢に手を引かれて畑を横切った。突然の来訪者に慣れているのか村人は無関心な視線を向けただけだった。

「領怪神犯は得体が知れなくても名前の通り神でしょう」

足を進めながら井沢が言う。

「神を支えるのは信仰。どれだけ有害で怖く思えても、領怪神犯の起こす怪異はそれを信じて望むひとがいるからだと思うんだ」

俺は答えを返せなかった。

「だから……」

井沢は言いかけて立ち止まった。俺の手から井沢の手が離れる。

「ここから先は本人たちで話した方がいいかな。着いたよ」

女が立っていた。線の細い横顔。笑っていても不幸そうな黒子《ほくろ》。

「代護……」

俺の名前を呼ぶ声をずっと覚えていた。

「実咲……」

片時も忘れたことのない姿がある。自分の五感が信じられない。無意識に伸ばした手を取る冷たい指先は、紛れもなく現実だった。もう一度会えたら何を言おうと考えていただろう。

「本当に、実咲だよな？」

実咲は呆《あき》れたような苦笑を浮かべ、俺の手をそっと導いて自分の頬に当てた。間違うはずのない本物だ。

「なあ、実咲、ごめんな」

喉《のど》に石が詰め込まれたように言葉が出てこない。

「何にも気づかなくて。聞かないでいればいつまでもずっとやっていけるんだと思ってて、こんなに遅くなって、悪かった」

無言で俺を見返す実咲の目にはいつもの悲しみと諦《あきら》めが宿っていた。

「やっぱり、もう遅いよな」

上手く笑えなかった。泣きたいのは実咲の方だろう。こんな奴と結婚してこんな場所に来る羽目になった。

「違うの、怒ってるんじゃないの」

実咲は俺の顔を包むように手を伸ばす。

「貴方《あなた》がここに来るのは、これで三回目なの」

世界が無音になった。実咲の背後で花が揺れ、鳶《とび》が飛んでいるのに、何も聞こえない。

「嘘だろ……」

実咲は泣きそうに笑って首を振った。

「俺がお前に会って忘れるはずないだろ！　じゃあ、何で俺はここに残らなかったんだ？　実咲を置いて俺だけ帰ったのかよ？」

俯くような首肯だった。

「何で……」

言いかけてから思う。記憶はないが、俺が実咲を置いて帰ったのならそれしか理由がない。実咲は察したように頷いた。

「そう。前もその前も、貴方は私の故郷のことを解決するって言って戻ったの。全部終えて私が戻れるようにしてくるからって」

「馬鹿か俺は……」

二度も約束して、全部忘れていたのか。偶然の投書がなければあの村に辿り着きもしなかった。その間、ずっと実咲は待っていたのに。

「ごめんね、何も言わなくて。私だけあの村から逃げて幸せになるのが怖くて、貴方に言って嫌われるのがもっと怖くて、それで逃げたの」

俺は実咲の手を握った。左手に指輪の硬い感触がある。

「実咲、やっとお前の村に行ったんだ。地下にいた子どもも出して、警察に届けて……もう終わったんだ」

実咲は俺の手を解《ほど》き、俺の首に両腕を回した。

「よく頑張ったね。ありがとう。本当によく頑張ったんだね」

「なあ、これでもう帰れるだろ。もう何も心配しなくていいんだ」

湿った息が頬にかかった。

「ごめんね、でも、もう無理なの」

「どうして……」

「私はここにいすぎたから。それに、あの村の神はどうにもできないよ。あれはずっとあそこにいる。もし帰れても、私はあの村と神に怯《おび》えてまたここに来ちゃうと思う」

実咲の体温が俺から離れる。何度も夢に見た顔で実咲が笑った。

「この山の神様は隠れたいひとを隠してあげるだけ。貴方が帰れても、私が帰れないのはそのせい。私は弱いから」

「じゃあ、どうすればいいんだよ。もうやらなきゃいけないことは何もなくて、お前もいなくて、どう生きていけばいいんだよ」

「生きてれば何とかなるよ。みんな少しずつ忘れて、思い出に仕舞って生きていくの」

手を伸ばすことすらできなかった。俺はかぶりを振った。まるで子どもだ。

「まだ私の故郷みたいな村がたくさんあるはず。私みたいなひとがいたら助けてあげてくれないかな」

実咲が微笑む。きっと前も、前の前も、こうして俺を送り出したんだろう。

「貴方は私と違って強いひとだから」

「強い訳ねえだろ……」

風の音がする。蓮華畑の向こうに幻のような黒いひと影が見えた。俺が帰りたくなくても、宮木はそうじゃない。俺は顔を上げる。

実咲は全てをわかったように頷き、俺の手の甲をなぞった。

「元気でね、代護」

「またな、実咲」

そのとき、実咲は初めて一点の翳《かげ》りもない顔で笑い、言った。

「馬鹿」

風が止んだ。

木々のざわめく音がした。俺は廃線の駅が見える坂道に立っている。辺りはすでに暗く、天蓋《てんがい》のように空を覆う森と境目がない。

「宮木！」

振り返ると、当然のように宮木が立っていた。

「何ですか？」

赤茶けてところどころが千切れたフェンスに、「本線」「当駅」「臨時」と書かれた画用紙が揺れていた。来たときと何も変わらない光景だ。俺は何を焦っていたんだろう。

「暗くなっちゃいましたね。その割に収穫は何もないですし……うわ、すごい土」

伸びをした宮木のスーツの裾《すそ》が泥で汚れていた。俺の手も埃《ほこり》で汚れ、古い書庫の整理でもしたようだ。

「洗っていくか、温泉って書いてあるぞ」

「火傷《やけど》するじゃないですか。午前のことまだ忘れてませんよ」

元気な抗議に俺は苦笑する。廃線の線路と、道の上に盛られた土砂の塊から鳥居が突き出していた。行きに見たのと何ひとつ変わらない。何も変わらないのに、何かが違う。大事なものの前を素通りして行ったような感覚だ。

俺たちは坂道を下る。駅舎の屋根の跡の下、かつて足湯だった囲いは泥と濡《ぬ》れ落ち葉が溜《た》まり放題になっていた。

「領怪神犯どころか失踪者の痕跡もなし。組織的な犯罪でもなさそうだし、本当に神隠しだな」

「そういえば、ここに来る前に神隠《かみかくし》って地名の村がありましたね」

「縁起でもねえ」

「そうでもないですよ」

宮木が俺と肩を並べる。

「神隠って地名の場所は隠れキリシタンが多かったんです。役人に見つからないよう、『神のように隠してください』って願いを込めてつけられたらしいですよ」

「詳しいな」

雨も降っていないのに雫《しずく》が落ちた。まだ俺の頬に残る温かな何かの感触をなぞった水滴は、土と埃を吸って零《こぼ》れ、一筋だけ汚れを洗い流した清廉な痕《あと》を作った。

「片岸さん……」

宮木の視線に、俺は顔に手をやる。頬が濡れていた。雫の出所は頬より更に上だった。

宮木は何も聞かず、俺の肩を励ますように強く叩《たた》く。

「痛えよ」

俺は何度も顔を拭《ぬぐ》って再び歩き出した。遥《はる》か上の山から白いヴェールを被《かぶ》った何のありがたみもない神像が、俺たちを見下ろしていた。

そこに在《お》わす神

RYOU-KAI-SHIN-PAN

There are incomprehensible
gods in this world who cannot be called
good or evil.

了

東京の空を見るのは久しぶりだ。

訳のわからない神々に殺されかけようが、死ぬよりもっと不可解な目に遭おうが、ここだけは変わらない。俺の報告書に目を通し、六原が指を組む。

「特に異常なし、か」

六原は俯《うつむ》いて当たり障りのない文言が並ぶ書面を眺めた。異常なしということは実咲に関する情報がまるでなかったことを指す。六原もあの村に足を運んだことがあると聞いた。歪《いびつ》な神像、廃線の終着駅、何十年も変わっていないような村。停滞という言葉が相応《ふさわ》しい村を見て何を思っただろう。

「あの村を見て、どう思った？」

六原は視線を紙から俺に移して聞いた。

「どうって……」

帰ってからずっと感じていたことはあるが、聞かせるのは憚《はばか》られた。

「何もわかってないのに、何かしらにケリがついたような気分になった……」

六原は相変わらず陰鬱《いんうつ》な顔つきで俺を見返すと、小さく肩を竦《すく》めた。

「俺もそう思った」

俺は目を丸くする。

「取り返しがつかないような、全部が腑《ふ》に落ちたような、少しのやり残しがあるようなわだかまりもあったが、とにかく何かが終わったような気がした」

ビル街の窓全てが反射した陽光が、矢になって差し込む。俺と六原は外を眺めた。

「あの村の神にはそうさせる何かがあるのかもしれないな」

書類の山が濃い影を落とす。六原に「あの村を出るとき、お前も泣いたか」と聞いてみたかったが、言い出せなかった。


役所の廊下は病院に似ているといつも思う。ウレタンが薄くなった背のないソファに腰掛けていた宮木が、部屋から出てきた俺を見て手を挙げた。

「どうでした？」

「特に何も。『異常なし』だ」

宮木が苦笑した。

「お前の前の部署の引き継ぎは？」

「こっちも『異常なし』です。やっとこれで全部終わりですよ」

俺は廊下の陰に佇《たたず》む自販機に小銭を入れ、ふたり分のコーヒーを買う。缶の落ちる音がやけに重く響いた。片方を宮木に放り投げ、俺は隣に腰を下ろす。宮木の膝《ひざ》の上で携帯ゲーム機が点滅していた。覗《のぞ》き込むと、画素の粗いドットで黒い雲のようなものが描かれている。真ん中の空白に鳥居があった。黒いのは森だろう。

「私たちが行った村を作ってるんです」

「よくやるな。俺はゲームでも二度と行きたくねえよ」

俺はソファの脇のスタンド式灰皿を引き寄せ、煙草を出して火をつけた。

「そんなに小さいゲーム機でいろいろできるなら持ち運べる電話でも発明されてほしいもんだ」

「無理だと思いますよ」

宮木はゲーム機を置いて、俺に軽く頭を下げてからコーヒー缶のプルタブを引いた。

「ゲームは何の役にも立たないから見逃されてるんです。携帯式の電話なんて優秀なもの、すぐ見つかってなかったことにされちゃいますよ」

「なかったことにって政府にか」

「もっと手に負えないものに、ですよ」

「お前、たまに訳わからないし怖いこと言うよな」

宮木は誤魔化すように笑った。

「あの村から帰る間、考えてたんです。知られずの神は誰も知らないんじゃなく、知ったひとを隠してしまうものなんじゃないかって」

宮木の横顔を蛍光灯の光がなぞった。俺の指先から灰がぽとりと落ちる。

「……だとしたら、手に負えねえな」

「まだ推測が立つだけマシですよ。それに、あの村からは出てこないですしね」

宮木は缶を置いて立ち上がった。

「本当に手に負えないものは、対処しようとすら思わないものですよ。対処すべき事象があることすら認知できないから」

宮木はどこに行くでもなく、廊下の最奥の、破損防止用の格子が入った窓ガラスと向かい合うように立った。網目状の光が廊下を汚すように揺れた。今まで一緒に訳のわからないものと向き合ってきたが、結局俺はこいつのことが一番わからないかもしれない。

俺は今まで真面目に尋ねたことがない疑問を、初めて口にした。

「そういえば、お前……前の部署ってどこだ？」

「あぁ、そこ自体はもうなくなっちゃったんですよね。今あるのはちょっと名前が違うんですけれど……」

宮木は背を向けたまま答える。

「宮内庁……ですかね」

「宮内庁？」

聞き慣れない言葉だ。

「宮内ってあれか。千代田区のお堀のか？」

「まあ、そんな感じです」

あそこの管轄は宮内特別管理局だ。百年前からある、常人には目にすることもできない部署で、異動や改革があったとは聞いたことがない。

「だとしたら、エリートじゃねえか。何でこんなところに飛ばされたんだよ」

「知りすぎちゃったんですかねえ」

軽い口調からは本心が摑《つか》めない。

「そういえば、前に領怪神犯に対して思うところがあるって言ってたよな。お前の左遷と何か関係があるのか？」

宮木は逡巡《しゅんじゅん》するようにしばらく黙り込んだ。窓の向こうに、青空と雲との間が曖昧《あいまい》になる白いビル群が連なる東京の景色が広がっていた。

「辻褄《つじつま》合わせの神、っていたじゃないですか」

宮木が唐突に切り出した。

「私たちも大なり小なりあれと同じようなことしているでしょう？　領怪神犯を公にすると混乱を招くからって、事後処理をいろいろしてますよね」

「まあな……」

俺は灰皿の隅で煙草の先端を叩《たた》く。

「民間人は私たちのしてることを知りません。そういう神がいるなんて知りもしないで普通に生きている」

宮木は背を向けたまま続けた。

「それなら、こう考えられませんか。例えば、民間人が知らない村があるように、もっと大規模な冷戦が戦争になってこの国も巻き込まれた世界があるとか。それを無理矢理なかったことにした歪《ゆが》みがあちこちにある世界を生きているとか――」

突拍子も無い言葉は堰《せき》を切ったように流れる。俺は煙を吐くのも忘れて、スーツ姿の細い背中を見るだけだった。

「片岸さん、私たちも知らないうちに、辻褄合わせをされた後の現実で生きてるかもって思ったことないですか？」

「あるよ」

口の中に溜《た》まった煙が唇の端から濛々《もうもう》と溢《あふ》れた。

「領怪神犯と一緒だ。手に負えないことは受け入れて生きていくしかねえ。どうにかする力なんてねえからな」

宮木は振り返って小さく笑った。

「私、今の部署に来てよかったです」

「殊勝な部下を持って幸せだよ。たまに様子がおかしいけどな」

俺は吸殻を灰皿にねじ込む。線香花火が消えるときのような音がした。立ち上がって、宮木の横まで歩いていき、東京の街を見下ろした。

「何年も変わらねえな、東京は」

宮木は陽光に霞《かす》む冬の空を見つめた。

「片岸さん、今は昭和何年でしたっけ？」

「昭和百四年だろ」

宮木の肩が小さく揺れた気がした。彼女は静かに息を吸い、溜息《ためいき》のように吐き出した。

「陛下は随分と長生きですねえ」

「そりゃあそうだろ。天上人だからな」

見下ろした青と白の世界にひとつ、天地を貫く針のような赤い東京タワーがある。

「こうして上から見下ろしてれば俺たちだって同じだ。下界で何が起ころうと知ったこっちゃねえ。ずっと何も変わらねえ東京に見える」

「『神、空にしろしめす。なべて世は事もなし』ですか」

「神はもうたくさんだ」


そう言いつつ、俺はまだ逃れられない予感がした。何か大事なことを忘れている気がするからだ。辿り着けるかはわからないが、追い求めなければ道は閉ざされる。だから、追うしかない。それが人間の、神との向き合い方というものだ。

空と地上だけの景色に人間の影は見えない。まさにひとなんぞお構いなしの神の視界だ。だが、ひとがいる限り神もいるんだろう。そして、俺たちも必要とされ続ける。

この国も、端っこの村も、東京も、変わらない。

本書は二〇二一年から二〇二二年にカクヨムで実施された第7回カクヨムWeb小説コンテスト〈ホラー部門〉大賞を受賞した作品に加筆修正の上、文庫化したものです。

この物語はフィクションであり、実在の人物・地名・団体等とは一切関係ありません。

領《りよう》怪《かい》神《しん》犯《ぱん》

木《き》古《ふる》おうみ

令和4年 12月25日　初版発行
令和6年 9月25日　7版発行

発行者●山下直久

発行●株式会社KADOKAWA
〒102-8177　東京都千代田区富士見2-13-3
電話　0570-002-301（ナビダイヤル）

角川文庫 23468

印刷所●株式会社KADOKAWA
製本所●株式会社KADOKAWA

表紙画●和田三造

ISBN 978-4-04-113180-0　C0193

◆◇◇

角川文庫発刊に際して

角川源義

第二次世界大戦の敗北は、軍事力の敗北であった以上に、私たちの若い文化力の敗退であった。私たちの文化が戦争に対して如何に無力であり、単なるあだ花に過ぎなかったかを、私たちは身を以て体験し痛感した。西洋近代文化の摂取にとって、明治以後八十年の歳月は決して短かすぎたとは言えない。にもかかわらず、近代文化の伝統を確立し、自由な批判と柔軟な良識に富む文化層として自らを形成することに私たちは失敗して来た。そしてこれは、各層への文化の普及滲透を任務とする出版人の責任でもあった。

一九四五年以来、私たちは再び振出しに戻り、第一歩から踏み出すことを余儀なくされた。これは大きな不幸ではあるが、反面、これまでの混沌・未熟・歪曲の中にあった我が国の文化に秩序と確たる基礎を齎らすためには絶好の機会でもある。角川書店は、このような祖国の文化的危機にあたり、微力をも顧みず再建の礎石たるべき抱負と決意とをもって出発したが、ここに創立以来の念願を果すべく角川文庫を発刊する。これまで刊行されたあらゆる全集叢書文庫類の長所と短所とを検討し、古今東西の不朽の典籍を、良心的編集のもとに、廉価に、そして書架にふさわしい美本として、多くのひとびとに提供しようとする。しかし私たちは徒らに百科全書的な知識のジレッタントを作ることを目的とせず、あくまで祖国の文化に秩序と再建への道を示し、この文庫を角川書店の栄ある事業として、今後永久に継続発展せしめ、学芸と教養との殿堂として大成せんことを期したい。多くの読書子の愛情ある忠言と支持とによって、この希望と抱負とを完遂せしめられんことを願う。

一九四九年五月三日

ISBN 978-4-04-107532-6

丸の内で就職したら、幽霊物件担当でした。

竹村優希

本命に内定、ツイテル？　いや、憑いてます！

東京、丸の内。本命の一流不動産会社の最終面接で、大学生の澪《みお》は唖然としていた。理由は、怜悧な美貌の部長・長崎次郎《ながさきじろう》からの簡単すぎる質問。「面接官は何人いる？」正解は３人。けれど澪の目には４人目が視えていた。長崎に、霊が視えるその素質を買われ、澪は事故物件を扱う「第六物件管理部」で働くことになり……。イケメンドSな上司と共に、憑《つ》いてる物件なんとかします。元気が取り柄の新入社員の、オカルトお仕事物語！

角川文庫のキャラクター文芸

ISBN 978-4-04-106233-3

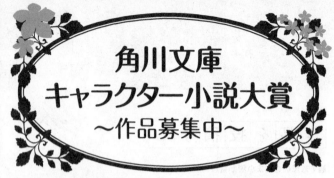